透明なルール

ブックデザイン｜アルビレオ

イラストレーション｜赤

プロローグ

佐々木優希《ささきゆうき》は、図書館の窓から見える桜の大木を眺《なが》めた。桜はちょうど満開を過ぎたころで、強い風が吹《ふ》いたのか、無数の花びらが舞《ま》い散った。

この分だと来週の始業式まではもたないだろう。名残惜《なごりお》しくて、なかなか桜の木から目を離《はな》せない。

さ、勉強始めなきゃ。

優希は心の中でかけ声をかけて、自習室に足を向けた。いよいよ中学二年に上がる。中一のときの成績は上々で、このままいけば県立高校のトップ校を狙《ねら》えるかも知れない。いや、絶対に狙いたい。

後ろの入り口から自習室をのぞくと、いつにもまして閑散《かんさん》としていた。夏休みなどは、図書館は涼《すず》しいし、受験生風の学生が結構いるのだが、さすがに春休みはそんな学生も少ない。利用しているのは、雑誌や新聞を読んでいる初老の人がほとんどだ。なのに、いつもの窓際《まどぎわ》一番前の定位置には、先客がいた。後ろ姿では、小学校高学年くらいの少女のようだ。珍《めずら》しい。刈《か》り上げにならないぎりぎりのところで切りそろえられた黒髪《くろかみ》は、定規で引いたみたいにまっすぐで厚みがある。

優希は自習室に入ると、その少女から三つ離れた後ろの席に腰《こし》を下ろした。

少女の机の右端《みぎはし》には、タイトルまではよく見えないが、専門書のような分厚い本が五、六冊、乱雑に積まれている。受験生なのだろうか。少女は、すごく集中している様子で、何やら一心不乱にノートにペンを走らせている。

優希は少女から目を離すと、バッグからプリントを取り出した。春休み前に進路資料室でコピーを取ってきた、実力テストの過去問だ。

新学期が始まると、わりとすぐに、実力テストが実施《じっし》される。このテストは成績には関係ないのだが、校内や受験者全体の順位が出るという、優希にとってはモチベーションの上がるテストだ。

去年、優希は校内で一番をとった。その驚《おどろ》きや喜びは、今でも忘れられない。成績に関係のないテストにここまで対策をする生徒は、全校探しても稀《まれ》だろうが、今年も首位をキープしたいと、密《ひそ》かに野心を燃やしている。

苦手な数学から始めることにしたが、三問目ですでに行きづまった。気付くと頬杖《ほおづえ》をついて、ぼんやり窓の外を眺めていた。つい余計なことが頭を占領《せんりょう》する。

クラス替《が》え、どうなるかなあ。加奈《かな》と離れちゃったらどうしよう。

春休みになって、いや、もっと前から、何度同じことを考えたことだろう。

優希は生徒会に所属していて、部活には入っていない。

優希の通う椿中《つばきちゅう》では、基本的に全員が部活に入ることになっていて、入らない生徒は生徒会活動に携《たずさ》わることが義務づけられていた。

女子は特に、部活中心のグループが作られるから、優希は「ボッチ」にならないことに心を砕《くだ》いてきた。一年生のときは、部活に入らず本格的にスイミングクラブに通っていた加奈と同じクラスだったので、必然のごとくふたりはくっついた。

椿中には水泳部がなかったし、加奈は全国大会にも出場するほどのスイマーだったので、学校側から特例として認められたらしい。

加奈とまた同じクラスになれたら、こんなに嬉《うれ》しいことはないが、一学年に六クラスあるのでその確率は低い。仲が良いと、あえて離されてしまうという噂《うわさ》もある。

また、クラス替えサバイバルが始まるのかと思うと、長いため息がもれた。

さらにもうひとつ、気がかりなことがある。春休み前の終業式の日に説明されたのだが、新学期から、髪型や服装に関するブラック校則が廃止《はいし》されることになったのだ。どうやら、世の中の流れに応じて、教育委員会からお達《たっ》しが出たようだ。

今までは、椿中の校則は厳しかった。髪の毛が肩《かた》につく場合は、二つに結《ゆ》わえなければいけなかったし、当然ツーブロや髪染めは禁止だった。ソックスの色から下着の色にいたるまで、細かな指定があった。

なぜそうしなくてはいけないのか、理由もよく分からない、理不尽《りふじん》な校則だった。校門には髪型・服装チェックのために、生徒指導主任で強面《こわもて》の北側《きたがわ》先生がしょっちゅう仁王《におうだ》立ちしていたのだが、それもなくなるのだろうか。新しい校長先生もくるらしいから、新風《しんぷう》が吹くことが期待される。

理不尽な校則がなくなるのは、嬉しいことだ。でも、来週からみんなどうするのか、とても気になる。優希はショートヘアなので、髪型についてはそのままでいいけれど、ソックスは今まで通り、白を履《は》いていくべきだろうか。悩《なや》む。

紺色《こんいろ》のハイソックスとか履いてみたいけれど、先輩《せんぱい》の目も気になるし、誰《だれ》も履いていなくて浮《う》いてしまうのも怖《こわ》い。

優希はふと思いついて、スマホを取り出すと、加奈にメッセージを送った。

——始業式の日、ソックス、どうする？

しばらく待ったが、なかなか既読《きどく》がつかなかった。春休みはスイミングの強化合宿で忙《いそが》しいと加奈は言っていたから、ソックスどころではないのかも知れない。こんなことを聞いてしまった自分が、なんだか恥《は》ずかしくなった。

全く進んでいない数学のプリントに目を落とした。視線を前に向けると、前方の少女はさっきよりさらに前のめりになって、ペンを走らせ続けている。全力で集中している様子が、ここまでダイレクトに伝わってくる。

気分転換《てんかん》のためにトイレに立った。邪魔《じゃま》しないように、なるべく見ないようにして少女の机の脇《わき》を通り過ぎようとしたのが、あだになった。優希の左手が、机の端に不安定に積まれた本を引っかけてしまった。ばたばたと派手《はで》な音を立てて、本が数冊床《ゆか》に落ちた。少女の体は、腰が浮くほど跳《は》ね上がった。

「あ、ごめんなさい」

優希があやまると、少女は眉間《みけん》にしわを寄せ、顔をしかめた。

驚かせてしまったことは確かだし、勉強を中断させてしまったのは申し訳なかったが、そこまで不愉快《ふゆかい》な顔をされるのは心外だった。

優希はすぐにしゃがみこんだ。本に伸《の》ばしかけた手が、ふと止まる。

『複素数平面《ふくそすうへいめん》』『微分積分《びぶんせきぶん》』……。本のタイトルは、聞いたこともない文言《もんごん》だった。

こんな難しそうなことを、この少女は勉強しているのだろうか。

優希は我《われ》に返り、本を拾い上げると立ち上がった。

「すみませんでした」

本を机に戻《もど》し、ぺこりと頭を下げたが、少女は首を真下に折ったまま少しうなずく程度だった。後ろ髪と同様、直線に切りそろえられた前髪に、少女の表情は隠《かく》れているが、不機嫌《ふきげん》そうな様子は否《いな》めない。

優希はもう一度軽く頭を下げると、出口に急いだ。自習室の外に出てから、少女の姿をこっそり遠目に見た。

あの少女は何者なんだろう。おかっぱ頭も幼い感じだし、後ろ姿では小学生だと勘《かん》違《ちが》いしたけれど、あんな勉強をしているなら、もっとずっと年上なのだろうか。

それにしても、わざと落としたわけでもないし、ちゃんとあやまったのに、少女のあの態度は心に引っかかる。

もやもやした気持ちを抱《かか》えたまま、トイレから戻ってくると、少女の姿は消えていた。もう帰ったらしい。

優希は席に着くと、今度こそ勉強に集中しようと、シャーペンを握《にぎ》り直した。

1

始業式の日、優希《ゆうき》は加奈《かな》としめし合わせて、白いソックスを履《は》いていったが、ざっと見《み》わたしても白ばかりだった。髪型《かみがた》も今まで通りといった感じだ。紺色《こんいろ》のハイソックスなんて履かなくて良かったとホッとしながら、体育館の方へ急いだ。

体育館の前は、もう人だかりができていた。外の壁《かべ》にクラス分けの名簿《めいぼ》が貼《は》られている。人垣《ひとがき》の中から目を皿のようにして名簿を見つめた。胸のところで両手を固く結ぶ。

一組から順に目で追うと、もう加奈の名前を見つけてしまった。同じクラスに自分の名前はない。しょっぱなからがっかりして、肩《かた》の力が半分以上抜《ぬ》けた。

喧噪《けんそう》が耳についた。希望が叶《かな》ったのか、手を取って喜び合う女子たちに、背中をぶつけられてよろめく。優希は気を取り直して、さらに目を走らせた。

三組のところに「佐々木《ささき》優希」とあった。クラスメイトの名前をひとりひとり確認《かくにん》したが、一年のときの同級生も小学校が同じだった子も、仲良しだった女子は見当たらなかった。

しかも、三組にはテニス部の牧瞳子《まきとうこ》や野球部の田中流星《たなかりゅうせい》といった、学年でも目立つ生徒たちが数人揃《そろ》っていた。パッと見は派手《はで》そうなクラスに見え、そのことも優希を不安にさせた。

部活に所属していない自分の居場所はあるだろうか。同じ生徒会の荻野誠《おぎのまこと》も三組だったが、別に仲がいいわけではない。

どよんとした気持ちでいると、肩をポンとたたかれた。振《ふ》り向くと、加奈がいた。

隣《となり》には笑顔《えがお》の女子がいる。

「優希〜。クラス、離《はな》れちゃったね。悲ぴー」

加奈は優希に抱《だ》きついてきたけれど、言葉とは裏腹にそんなに悲しそうではなかった。

「ほんと、残念。加奈、一組だったね」

優希は相づちを打ちながら、加奈の隣の女子に目を向けた。それに気付いた加奈は、

「あ、この子、冴《さえ》ちゃん。小学校からの親友なんだ」

と、冴とうなずきあった。加奈は優希とは別の小学校出身だった。

「そ、なんだ。一組？」

「うん。久しぶりに同じクラスになれたんだ」

うっかり弾《はず》んでしまった声を抑《おさ》えるように、加奈はわざとトーンを低くして続けた。

「優希は三組だよね。どう？」

神妙《しんみょう》な顔をされると、みじめになりそうで、

「んー。まだ分かんない」

と首をすくめた。優希は、

「じゃ行くね」

足取りだけは元気に、昇降口《しょうこうぐち》に向かった。

二年三組の教室の入り口のところには、くじ引きのような箱が置いてあり、箱の前には、

【くじを引いて、その番号の座席に座ってください　三組担任　辛島《からしま》】

と書かれた用紙が置いてあった。

担任が辛島先生だったことだけが、三組になって嬉《うれ》しいことだった。

優希は一年のときも、辛島先生の英語の授業を受けていた。辛島先生は教員二年目

の溌剌《はつらつ》とした女性の先生で、授業も楽しくて分かりやすく、とても人気のある先生だった。

新学期の最初の席は、名前の順番で座るのが普通《ふつう》だが、こうした趣向《しゅこう》を凝《こ》らしてくるのも辛島先生らしくて、なんとなくワクワクする。くじを引いて教室に入ると、黒板には座席表が貼ってあった。優希の席はちょうど教室の真ん中あたりだ。

振り返ると、優希の席のあたりで、牧瞳子たち女子三人が早速《さっそく》たむろしていた。名前は分からないけれど、瞳子以外の二人も確かテニス部の女子たちだ。声高《こわだか》に喋《しゃべ》っている三人のところだけ、オーラが放たれているように、浮《う》かんで見えた。

きっとあの子たちが、クラスの中心人物になるんだろうなあ。

優希はちょっぴりためらったあと、自分の席に向かった。瞳子がすぐに、優希に気付き、

「ここの席？」

と目の前の席を指して、尋《たず》ねてきた。

「うん」

優希が笑みを浮かべると、

「わたしの前の席だね。名前は？　一年のとき何組だった？　部活は？」

瞳子は矢継《やつ》ぎ早《ばや》に質問を投げてきた。

「あのね、瞳子。人に聞くときは、自分から名乗らなきゃだよ。えっと、あたしは河《か》合《わい》まどか。瞳子と同じテニ——」

まどかが話し終える前に、

「ごっめーん。わたしは牧瞳子」

「うちは楓《かえで》。庄司《しょうじ》楓。三人とも女《じょ》テニ」

三人の会話のテンポが速過ぎて、目をきょときょと動かしながら、

「わたしは佐々木優希。一年のときは二組だったよ。部活はやってなくて、生徒会」

優希はやっと、自己紹介《しょうかい》することが出来た。

「へぇー。生徒会って珍《めずら》しいね。なんか優等生っぽいよね」

瞳子の小さな顔には、目鼻口がくっきり整然と配列されている。とりわけ大きな目を見開いたので、そのきらきらしている瞳《ひとみ》に思わず吸い込まれそうになった。

「そ、そんなことないよ」

優希が戸惑《とまど》っているそばから、

「あ、やっぱ白ソックスだよね」

瞳子は優希の足もとを見て、話題を変えた。

「今日、みんなの様子見てどうしようかと思ってたけど、ブラック校則廃止《はいし》されてもなんか変わらないね。先輩《せんぱい》たちも全然だったし」

瞳子は不満そうに唇《くちびる》をゆがめた。

「先輩が先陣《せんじん》切って、髪型なり服装なり変えてくれないと、やりにくいよね。テニス部の先輩、ちょっと怖《こわ》いし」

まどかが肩をすくめると、

「先輩たちはさあ、これから受験だし内申《ないしん》とか心配してんじゃない。悪目立ちしたくないとかさ」

楓も同調した。

「だよねー。あーあ、このダッサい、ただのふたつ結びだけは、やめたいわ。本当は髪の毛おろしてもいいはずなのにね」

瞳子が両肩から下がった髪の束を、両手で引っ張った。

「いきなり髪おろすのも、勇気いるよね」

「たしかに」

三人の会話がぽんぽんと続くのを傍観《ぼうかん》していた優希は、

「よかったら、編み込みやってあげようか」

と、ふと言ってみた。優希は手先が器用で、小学生の従姉妹《いとこ》に編み込みヘアを何度もやってあげたことがある。

「え、出来るの？　今？」

瞳子の瞳が輝《かがや》いた。

「うん、まあ。分け目つけるピンとブラシがあれば」

「あるある！」

瞳子は黒板の上の壁時計に目を走らせた。

「まだ間に合いそう」

と、いきなりバッグからポーチを取り出すと、優希の手を引っ張って、トイレに走り出した。


新学期が始まって、半月ほどが経《た》った。

優希は校門に続く道を脇《わき》にそれると、そっと息を吐《は》き出した。

「おはよう。挨拶《あいさつ》は大きな声で」

校門のあたりから、生徒指導主任の北側《きたがわ》先生の声が、ここまで飛んでくる。

北側先生は、理不尽《りふじん》な校則がなくなって、髪型・服装チェックはさすがにしなくなった、というか出来なくなった。

新しい校長先生は、その校則廃止の推進役《すいしんやく》だったらしい。

なのに北側先生は、しょっちゅう校門の脇で仁王立《におうだ》ちして、朝の声かけに勤《いそ》しんでいる。そういうつもりはなくても、威圧感《いあつかん》は相変わらずだ。

優希は身をかくすように、塀《へい》に体を沿わせた。始業式の翌日から毎日なのだが、この待つ時間は慣れることがなく、いつも優希をじりじりとさせる。

一昨日《おととい》は、遅刻《ちこく》しそうになった。自分は余裕《よゆう》を持って家を出てきているのに、本当にハラハラした。

「優希、おっまたせ～」

突然《とつぜん》、後ろから背中をぽんとたたかれ、肩が少し跳《は》ね上がった。優希はぎこちない笑顔で、振り向いた。

「瞳子、おっはよー」

なるべく明るく返した。瞳子は曲がり角から校門の方に首を伸《の》ばした。

「ったく。今日も北側いるじゃん。マジうざい」

瞳子が顔をゆがめた。

「さ、早く編んじゃおうよ」

優希は瞳子の背後に回ると、ポケットから黒いヘアピンを取り出した。肩甲骨《けんこうこつ》くらいまで伸びた、瞳子のまっすぐなロングヘアは、朝日をあびてつやつやと輝いている。

「瞳子、本当に綺麗《きれい》な髪だよね。長い髪、いいなぁ。編むのがもったいないよ」

お世辞《せじ》ではなく、本心から羨《うらや》ましいと思う。ちょっと癖《くせ》のある髪質の優希は、髪を伸ばしたくても、伸ばせない。

「優希もロングにしてみれば」

こともなげに瞳子は言ってくるが、ショートヘアですら、雨の日はうねりがひどくなって爆発《ばくはつ》し、押さえるのに苦労している。ロングなんてとうてい無理だ。瞳子は、自分の容姿に興味が集中しているから、人の髪質などたぶん気にしていない。

「痛っ」

頭頂《とうちょう》からヘアピンで筋をつけて、髪をふたつに分けるとき、力が入りすぎたみたいだ。

「あ、ごめん」

優希は、ふたつに分けた豊かな髪を、右側からゆるい編み込みにしながら結っていく。さらさらの髪は、指にからむことがないから、しっかり持っていないと、指からすべり落ちそうになる。でもきつく持つと、また痛がられそうで、神経をつかった。

「ほんとはそろそろ、髪おろしたいんだけどね」

瞳子がすねたような口調で言った。

「だよね。三年生は、今まで禁止されてたポニーテールの女子、何人か見かけたけど、それでも少数派だもんね。まだまだ様子見なのかな。はい、出来たよ」

手際《てぎわ》よく仕上がった。優希はポケットから手鏡を出して後ろから映すと、瞳子は自分の手鏡を合わせ鏡にして、入念にチェックする。

「うん、完璧《かんぺき》。優希は本当に手先が器用だよね」

瞳子は満足げにうなずいた。毎日編み続けていたので、上達したのかも知れない。

「さ、行こう」

優希は足もとに置いたスクールバッグを持ち上げると、さっと歩き出した。

「あー、今日は午前中ずっと、実力テストだよね。だるいわぁ」

瞳子がダラダラと歩くので、歩調を合わせた。

「でもさ、実力テストは成績に関係ないじゃん」

「ま、そうだけどさぁ。でもだから余計に、そんなテストのために、じっと椅子《いす》に座ってなきゃいけないのが、苦痛」

「だね」

優希は適当に相づちを打った。本当は、昨夜実力テスト対策のために、夜更《よふ》かししたのだが、言わない方がよさそうだ。

「おはよー」

後ろから、楓とまどかが合流してきた。

始業式の日、優希がくじで引いた席は、瞳子の前の席だった。瞳子の髪をたまたま編んであげたことがきっかけで、テニス部の三人の仲良しグループに割り込めたのは、本当に幸運だった。

まさにくじ運が良かったとしか言いようがない。そうでもなければ、優希が瞳子たちと接点があったかどうか、あやしいものだ。

テニス部の女子たちは、瞳子を筆頭に華《はな》やかで目立つ子が多い。いっしょにいれば、少なくともいじめやいじられ対象になることはない。そして、昼休みや中休みに、身の置き場に困ることもない。

毎朝待ち合わせをして、髪の毛を編み込みにするのを頼《たの》まれてしまったけれど、グループに入れたことを思えば、たいしたことではない。

四人でじゃれあいながら校門に近づいたとき、

「優希」

と声をかけられた。四人いっせいに振り向くと、加奈がいた。加奈は少し驚《おどろ》いた表情になり、

「おはよう」

遠慮《えんりょ》がちに片手を上げて、抜かしていった。優希がテニス部グループといっしょに登校しているのが、意外だったようだ。加奈の隣には冴がいた。

「今の誰《だれ》？」

瞳子の声が大きめなので、ちょっと気になった。

「あ、加奈っていって、一年のとき仲良かった子。水泳が——」

ここまで言うと、

「あー、うち、知ってる。スイミングで全国行った子だよね」

と、楓がかぶせてきた。

「えっ、すごっ。将来オリンピックに出たりして！」

まどかが興奮気味に言ったので、優希は嬉しくなって、

「そうなの。加奈ってほんとすごくて、」

張り切って加奈自慢《じまん》を、話し出そうとしたとき、

「でもさ、オリンピックなんて、一度全国に行ったくらいで、そんな簡単に出られないよね」

瞳子の言葉に、盛り上がった空気が一気にしぼんだ。優希は口をつぐんだ。

それはそうかも知れないけれど……。

瞳子は他《ほか》の人が褒《ほ》められたりするのが、面白《おもしろ》くないのかも知れない。

「あれ、なんかマズいこと言ったかな、わたし」

空気を察したのか、瞳子が気にするような素振《そぶ》りを見せると、

「でも実際、難しいよね。オリンピックなんて」

と、まどかがフォローした。

加奈が自分で「オリンピックに出たい」とか言ったわけでもないのに、しっくりこない心地《ここち》がしたが、優希は黙《だま》っていた。

「ところでさ、優希の前の席の子って、ずっと来ないよね」

瞳子が新しい話題を振ってきた。優希の前の席は、米倉愛《よねくらあい》という名の生徒の席だ。

それは優希も気になっていたことだった。辛島先生から始業式の日に「米倉愛さんは隣の市から引っ越《こ》してきた転入生です」と聞いていたが、ずっと空席が続いている。

転入生ならなおさら、最初のクラス替《が》えサバイバルに参入していないと、グループからあぶれてしまうかも知れないのに、と優希は人ごとながら心配していた。

「あっ、そうそう。米倉さんって、明星《みょうじょう》女学院から転校してきたらしいよ」

と、まどかが手のひらを打った。

「えっ、そうなの？」

驚きで優希の声が裏返った。

明星女学院といえば、中高一貫《いっかん》の女子校で東大合格者を何人も出す、全国的にも超《ちょう》がつくほど有名な名門校だ。

そんな名門校に折角《せっかく》合格したのに、どうして地元の公立中学に、わざわざ転校したのだろう。隣の市から引っ越してきたとしても、私立に通っていたなら、そのまま通えるはずなのに。

優希の不思議顔を見て、まどかがさらにつけ足した。

「保育園の幼なじみが明星に通ってるんだけど、ママ同士が仲良しなんだよね。そっちからの情報。あ、転校の理由はよく分かんない。その幼なじみも、米倉さんと直接知り合いではなかったみたいだから」

「ふ〜ん」

瞳子が鼻先で相づちを打った。

「いじめとかかな」

楓が眉《まゆ》をひそめる。

「そのママさん情報によると、明星って校則の厳しさが半端《はんぱ》ないらしいよ。電車通学なのに、高校になってもスマホ禁止なんだって。バレたら退学って聞いた」

「そういうのが嫌《いや》だったとか」

まどかと楓の会話に、

「そんなの勝手に推測したってしょうがないじゃん。だいたい米倉さんて子、一度も見たことないし、どっちでもよくない？」

瞳子のひと声が入った。

「まあね」

楓はぺろりと舌を出した。

昇降口に着くと、優希は米倉愛の下駄箱《げたばこ》に目を走らせた。下駄箱は出席番号順なので、「や行」なら下の方だ。空っぽかと思いきや、そこにはブルーの運動靴《うんどうぐつ》が入っていた。優希は内心驚いたが、瞳子たちに知らせて騒《さわ》ぎになるのもはばかられ、黙っていた。

上履《うわば》きに履き替《か》えていると、

「おらー、最後の一周だ。もっと気合い入れて走れー」

グラウンドの方から、北側先生の大声がとどろいた。足をひきずるようにランニングをしていた野球部員たちが、あえぎながら加速する。

「こないだの野球部の練習試合、エラーで負けたらしいよ。だから早朝からランニングばっかりなんだって。流星が愚痴《ぐち》ってた」
瞳子が言った。瞳子と流星は仲がいい。というか、流星が瞳子に一方的に好意を寄せているのは、誰の目にも一目瞭然《いちもくりょうぜん》だ。

部活の顧問《こもん》が北側先生だなんて、もし自分なら、どんなに野球がうまくても考えてしまう。新しい校長先生が、ブラック部活にも、てこ入れしてくれるといいのに。

優希は同情の目でグラウンドを見やると、教室に向かった。

明星女学院からきた米倉愛に、初めて会えるかも知れない。期待を込めて、教室をのぞいた。でも、優希の前の席は、相変わらず空席だった。

午前中の授業は実力テストでつぶれたが、午後は普通に授業がある。実力テストの出来は、英語と国語はともかく、数学の自信が全くない。

テストに全集中したので疲《つか》れていたが、五時間目は大好きな辛島先生の英語の授業なので助かった。

辛島先生の授業は、メリハリがあって面白い。英語の発音もネイティブみたいに流暢《りゅうちょう》で、スラッとした容姿に前下がりのボブスタイルも格好良く、優希の憧《あこが》れでもある。

昼休みが終わり着席すると、優希はぽっかり空いた目の前の席をあらためて見た。空席に慣れてしまって、ふだんは気にも留めなくなっていた。実際、朝教室に入ったときは意識したのに、午前中の実力テストの間は、忘れていた。

ぼんやりしていたら、みんなの教科書を広げる音でハッとした。辛島先生が教科書を片手に、声を上げた。

「はい、今日も音読から始めます。わたしが一文ずつ読むので、そのあとについてきて」

辛島先生が流れるように英文を読み上げると、みんながそのあとに続いた。優希は声を落として、辛島先生の読み方を真似《まね》た。なかなかいい感じだ。

お父さんの影響《えいきょう》で、昭和に流行《はや》った洋楽のレコードを、家でよく聴《き》いている。うちにはまだ、レコードプレーヤーがあるのだ。聴いているうちに、歌詞を知りたくなり、歌詞カードを見ながら歌っていたら、いつしか発音が良くなった。これは友だちには言えない密《ひそ》やかな趣味《しゅみ》である。

「さて、今日は誰に読んでもらおうかな」

全体での音読が終わると、辛島先生がみんなを見回した。優希は、指名されないようにそっと目を伏《ふ》せた。

「じゃ、牧さん。2パラグラフお願いします」

瞳子があてられた。瞳子の英語はたどたどしく、ときどき発音も間違《まちが》えて、辛島先生に直されている。瞳子が終わると、

「続きは、うーんと、佐々木さん」

うつむいていたのに、今度は優希があたってしまった。ゆっくり立ち上がり、つばを飲み込んだ。

「イット　イズ　ファン　トゥー　シング　ソングス……」

口がうまく回らない。優希がカタカナ英語でひと通り読み終えると、辛島先生は少し首をかしげながら、

「はい。間違ってはいないのだけど、もう少し抑揚《よくよう》をつけてごらん。平坦《へいたん》に読むのではなく、最初の一文だと、〝Ｆｕｎ〟にアクセントを持ってくるように、伸ばし気味にしてごらん。〝Ｉｔ　ｉｓ〟も区切って読まないで、続けてイリーズって聞こえるくらいに」

と言うと、手本を示した。

「佐々木さん、やってみて」

優希は教科書をがっちり持ち上げると、慎重《しんちょう》に英文をなぞった。

「うん。さっきより良くなったよ。はい、座って」

優希はすぐに腰《こし》を下ろした。こちこちに固まっていた肩から力が抜けていく。

英文が自然に読めない。みんなの前でいい発音で音読するのが、なんだか恥《は》ずかしい。

「英語の成績を伸ばすには、まず繰《く》り返し音読することです。音読だけやって他は何もやらない日があってもいいくらい、音読は最優先だからね。一日十分とか、時間を決めて続けるといいよ」

辛島先生はみんなを見わたした。

五時間目が終わると、瞳子はわざわざ優希の前の席の椅子をくるりと後ろに向けて、すとんと腰掛《こしか》けた。楓とまどかも集まってくる。

「一年のとき二組だった子に聞いたんだけどさ。優希ってめっちゃ頭いいらしいじゃん」

瞳子にいきなり言われ、面食《めんく》らった。

「そんなことないって」

優希はさらりとかわした。褒められているはずなのに、居心地が悪い。早く話題が変わってほしい。

「去年の実力テストって、校内トップテンに入ってたとか？」

瞳子が肩を寄せてきた。

「いや、そんなじゃないって」

優希は小さく首を振った。咄嗟《とっさ》に嘘《うそ》をついた。

「でもさ、優希。英語のテストにスピーキングなくて、良かったね」

瞳子の言葉に、一瞬《いっしゅん》きょとんとする。

「あぁ、優希って案外、日本語英語っていうの？　カタカナ読みだったよね」

楓が笑ったので、

「スピーキングあったら、ヤバかったわ」

優希は肩まですくめていた。

調子を合わせている姿を滑稽《こっけい》だと、遠くから見ている自分にふたをする。加奈といるときは、もっと自然に振る舞《ま》えたのに。

「あ、時間ない。わたしトイレ行ってくる」

瞳子は急に立ち上がると、出口に走った。

「うちもー」

楓とまどかも続いた。優希は別にトイレに行きたくはなかった。三人が走り抜けた出口をぼんやり見つめていたが、我《われ》に返りすぐにあとを追いかけた。


帰りの挨拶が終わると、教室はとたんに騒然《そうぜん》となった。

「優希、バイバイ。先行くね」

部活に急ぐ瞳子たち三人を見送ると、優希はゆっくりと階段を下りた。

なんだか今日は体が重い。下腹《したばら》が張っているような気がして、スカートの上から少しさすった。ひょっとしたら、もうすぐ生理になるのかも知れない。

初潮から一年は過ぎたのだが、まだ周期が安定していなくて、数ヶ月空いてしまったり、三週間しか経っていないのに、きてしまうこともある。なかなか予想がつかなくて、困っている。

昇降口に続く踊《おど》り場まで来ると、下駄箱のあたりは人波《ひとなみ》が去ったあとなのか、人もまばらだった。と、出口を抜けて足早にすっと去っていく、女子生徒の後ろ姿に目を引かれ、足が止まりかけた。

まっすぐ切りそろえられた厚みのある黒髪。既視感《きしかん》がある。

あ……。

図書館だ。春休みに図書館で見かけた少女かも知れない。

あわてて階段を駆《か》け下り、上履きのまま昇降口を出た。でも、部活の生徒たちや下校する生徒たちに紛《まぎ》れて、さっきの女子生徒の姿は分からなかった。

上履きのままだったので、あきらめて下駄箱のところに戻《もど》ると、同じ生徒会の荻野誠がいた。誠はしゃがみこんで、何やらリュックの中をあさっている。

優希は自分の靴を取る前に、米倉愛の下駄箱を確認した。そこには、真新しい上履きがあった。もう帰ったということだ。

直感めいたものが走った。

「ねえ、荻野くん。さっきから、ずっといた？」

誠は顔を上げると、目をぱちぱちさせた。

「さっき？　まあ、いたって言ったら、いたけど……。リュックの中に入れたはずの、家の鍵《かぎ》が見つからなくて」

鍵の話はスルーして、優希は続けた。

「同じクラスの女子、いたかな？」

「え？　いないと思うけど。でも、どうだったかな。自信ないな」

誠はゆっくり首を傾《かたむ》けた。誠はのんびりマイペース型だ。あまり周囲に注意を払《はら》っているとも思えないが、

「ああ、そっか。米倉さんは同級生だけど、顔が分からないから、いても同級生とは思わないよね」

優希はあごに人差し指をついた。

「米倉さん？　ずっと欠席の子？」

「うん。朝は運動靴が、下駄箱に入ってたんだよね」

「そうなの？」

誠はまた、目をしばたたかせた。

すると、流星たち野球部の男子が、ぞろぞろとやってきた。他のクラスのホームルームが終わるのを、待っていたのだろう。流星は誠を見かけると、

「まっこん、またローファー？　これ新しくね？」

誠の下駄箱から、黒いローファーをひょいとつかみ上げた。

「だいたいローファーって、お前は女子か」

色白の誠の頰《ほお》が、ぼっと赤くなる。

「わっ、これ本物の革《かわ》？」

流星の隣の野球部員が顔を近づけて、ローファーを撫《な》でた。

「ああ、指紋《しもん》がついちゃう」

誠が咄嗟に立ち上がったので、爆笑《ばくしょう》の渦《うず》となった。

「やっぱ、まっこん、おもろいな」

流星はローファーを下駄箱にしまうと、

「まっこんは今日、何すんの？　部活もないし、暇人《ひまじん》はいいよなぁ」

ぱこんと誠の後頭部をたたくと、歩き出した。

「暇人、また明日《あした》～」

他の輩《やから》も流星に続いた。

部活に入っていないことだけでも、すでにビハインドなのに、どうして誠はわざわざいじられそうなローファーなんて履いてくるのだろう。

暇人――。その言葉は自分にも向けられている気がして、小さく傷つく。

流星たちがいなくなると、優希は、

「ね、荻野くん。あえて目立つようなこと、しない方がいいかもよ。いじられちゃうよ」

と忠告してみた。

「目立つこと？」

誠が不思議そうに見つめてくる。

「ローファーとかさ」

「ああ。でも、僕はローファーが好きなんだよね。スニーカーとかって、僕、全然似合わないしさ」

誠は下駄箱からローファーを取り出すと、目を近づけた。指紋がついてしまっていないか、真面目《まじめ》に確かめているみたいだ。おろしたてなのかは分からないが、ローファーはつやつやと黒光りしている。

やがて、誠はローファーを地面に大事に置くと、

「じゃあ、また明日」

リュックのファスナーを中途半端《ちゅうとはんぱ》に閉めて背負い、帰ろうとした。

「荻野くん。家の鍵は見つかったの？」

優希が誠の背中に声をかけると、一歩を踏《ふ》み出した誠は立ち止まり、

「そうだった。鍵だ、鍵」

とあわててリュックを下ろした。

「朝出かけるとき、急いでたんだよね。……あ！」

誠はぶつぶつひとりごとを言うと、制服のズボンのポケットに手をつっこんだ。

「あった」

優希は苦笑しながら、

「見つかってよかったね。明日は生徒会の日だから、目安箱《めやすばこ》のチェック忘れないでね」

と、昇降口のホールに設置してある、赤い目安箱に目をやった。

「あ、うん。分かった」

しっかり者の優希はまだしも、誠は校則さえなければ、生徒会から最も遠い存在だ。

人前で発言するのも苦手そうだし、要領も悪いし、リーダーシップのかけらもない。

結局誠は、生徒会で雑用のような仕事をやらされている。生徒会のミーティングがあるときに、目安箱に何か入っていないかチェックしておくのが、誠の大切な役目である。なのに、よく忘れる。

そもそも目安箱には、ゴミとかいたずら書きとかばかりで、まともな意見など入っていたことがない。

この春卒業した生徒会の先輩の置きみやげで、木目調《もくめちょう》で目立たなかった目安箱は、赤に塗《ぬ》り替えられた。おかげで、かなり存在感は増した。効果を期待したいところだ。

「じゃあね」

スニーカーに履き替えた優希は、結局、誠より先に立ち去った。

同い年なのに、誠は弟みたいに頼《たよ》りない。優希には兄弟《きょうだい》がいないが、弟がいたらこんな感じなのかな、と一瞬頭をよぎり、ぶるんと頭《かぶり》を振った。

2

優希《ゆうき》は家に着くと、制服を着替《きが》える前に、レコードプレーヤーの前に座った。プリーツスカートが床《ゆか》に広がった。

プレーヤーの下のラックには、きゅうきゅうにレコードが詰《つ》められている。ずいぶん処分してしまったらしいが、お父さんのコレクションだ。

人差し指に力を入れて、当てずっぽうに一枚を引っ張り出す。1980年代のブリティッシュロックバンドのアルバムだった。

タロットカード風の背景に、メンバーの写真が額縁《がくぶち》みたいにはめ込まれている。ビジュアルもいいけれど、曲もいい。飽《あ》きるほど聴《き》いたお気に入りの一枚だ。

約三十センチ四方のLPレコードのジャケットは、CDに比べるとうんと大きい。LPレコードは、音楽だけではなくジャケットのインパクトも強く、それだけでアート作品さながらだ。眺《なが》めているだけで楽しいところも、レコードの好きなところだ。

ジャケットから黒いレコードを慎重《しんちょう》に抜《ぬ》き出すと、ターンテーブルにセットした。スイッチを押しレコードを回転させ、一番外側の溝《みぞ》に合わせて、レコード針をゆっくりと落とした。

ジッという、針がレコードに触《ふ》れるノイズのあと、軽快な前奏が始まった。音が鳴り出すまでの瞬間《しゅんかん》は、いつも決まってワクワクする。

優希は音量を上げると、鼻歌まじりで手を洗いに行った。

しばらくすると、

「ただいま～」

玄関《げんかん》からお父さんの声がした。優希は洗面所から首だけ伸《の》ばした。

「おかえり。今日はずいぶん早いね」

「あぁ。クライアントとの打ち合わせが、ドタキャンになってな」

お父さんはフリーで住宅関連の設計士をしている。会社勤めではないので、勤務は比較的《ひかくてき》自由みたいだ。お父さんは、スピーカーから流れる曲のリズムを指で取りながら、

「優希もこの曲、好きなのか?」

と、近づいてきた。

「うん、歌える」

優希はちょうど巡《めぐ》ってきたサビの部分を、流暢《りゅうちょう》な英語で口ずさんだ。お父さんが目を細めた。

「……似てる」

「え？」

「あ、ごめん。優希、祥子《しょうこ》に……お母さんに、似てきたな。お母さんもこの歌、よく歌ってたんだ」

お父さんは眼鏡のつるをいじりながら、目を伏《ふ》せた。

「このレコード、お母さんのなの？　お父さんのじゃないの？」

胸の奥の方がきゅうっと、締《し》めつけられた。

お母さんは、優希が小学四年生のとき、血管の病気で他界した。いないことにもう慣れているはずなのに、今でもこうしてときおり、胸が苦しくなる。

「うん、それはお母さんの。お母さんが一番大切にしていたアルバム」

優希はすぐにでも、ジャケットに抱《だ》きつきたい衝動《しょうどう》にかられた。でも、お父さんの前でそれは出来ない。

哀《かな》しみを隠《かく》して元気に振《ふ》る舞《ま》っているお父さんを知っているからこそ、優希もお父さんの前ではお母さんへの想《おも》いを表には出さないようにしている。

「優希もアレだな。このアルバムだって、スマホなら簡単に聴けるのに、わざわざレコードで聴くって、意外と凝《こ》り性《しょう》だな」

「なんかね。面倒《めんどう》なんだけど、好きなんだよね」

「へぇ。スマホなら指先だけで、聴けるのに？」

お父さんは、人差し指でタップする仕草をした。

「簡単じゃないから、逆にいいのかも。音楽配信だと形がないけど、レコードは形があるから、余計に愛情がわくんだよね」

優希の瞳《ひとみ》が輝《かがや》いた。

「なるほど。レコードは場所も取るし、便利とも言えないのに。でもそういうところが、いいのかあ。アナログレコード、流行《はや》ってきてるらしいよな」

お父さんは小刻みにうなずいた。

「それに、音に温かみがあるような気がする。音が優《やさ》しいっていうか」

「おお、そこが分かるっていうのは、俺に似たのかも」

お父さんの笑顔《えがお》につられて、優希もへへっと笑った。またサビが巡ってくると、お父さんと優希はいっしょに口ずさんだ。

「これから買い物に行ってくるけど、夕飯何にしようかな。ゆうべも遅《おそ》くまで、勉強頑張《がんば》っていただろ。栄養つけなきゃ」

お父さんはまだ体を揺《ゆ》らしながら、優希に尋《たず》ねた。

「実力テストだったからね」

「そっか。実力テスト、去年一番だったよな。優希は本当にすごいなあ。夕飯、何か食べたいものある？」

「何でもいいよ」

「それが一番困るんだよ。肉系、魚系？　洋風、和風、中華風《ちゅうかふう》？」

「じゃ、肉系洋風で」

「よっしゃ。他《ほか》に何か買ってくるものはないか？」

お父さんはビジネスバッグをリビングに置くと、そのまま玄関に向かった。優希は咄嗟《とっさ》に、お父さんを追いかけた。

「お父さん、今日はわたしが買い物に行くよ」

お父さんは眉《まゆ》を寄せる。

「いいよ。俺も早く帰れたんだし」

「早く帰れたんだから、たまには家でゆっくりすればいいじゃん」

「優希、だいじょうぶだよ。前にも言ったと思うけど、父子家庭《ふしかてい》だからといって、優希に家事をさせたくないんだ」

「だけど、買い物くらい、」

優希は食い下がった。

「いいから、心配するな。それに買い物は、優希より上手だから」

お父さんは大きな手のひらを、優希の頭の上にポンと置くと、出かけてしまった。

以前は、優希が買い物をしたこともあった。

でもそのとき、安売りしていないドレッシングを買ってしまったり、余計なものを買ったりして、お父さんを予想以上にがっかりさせてしまった。

それ以来、我が家はお金に困っているのではないかと、優希は心配になった。

セコいタイプでもなかったお父さんが、特売を気にしたり、少しでも切り詰めようとしている。

娘《むすめ》には心配させまいとしているが、実は大変なのではないか。

お母さんが生きているときは、お母さんもハウスメーカーの正社員として働いていた。むしろ、フリーのお父さんよりも、お母さんの収入の方が安定していたはずだ。

逆に家事は、お父さんの方が得意だったことが、今幸いしている。

優希はお腹《なか》をさすった。本当は自分で買い物に行って、ちょうど切らしている生理用品を買っておきたかった。

もちろん、お父さんに頼《たの》めば代金はもらえるが、なかなか言い出しづらい。

家計を心配するあまり、中学生になってから、お小遣《こづか》いも必要なときにもらう申告《しんこく》制《せい》でいいと、自分から言ってしまった。そのときはまだ、生理用品のことなど頭になかった。

せめて、自由に使えるお小遣いがあったなら。今さらながら、悔《く》やまれる。

夜になって、X会の通信教育のワークを終えると、優希はスクールバッグの中から、実力テストの問題用紙を取り出した。自信のなかった数学をもう一度、解き直そうかと思ったが、パラパラとめくっただけで、やる気が失《う》せた。

出来た気になっていた英語や国語も、今になって思えば、勘《かん》で解答した問題が何問かある。去年のテストでは、終わった瞬間、ガッツポーズしたいくらいの手応《てごた》えがあったが、今年はそれにはほど遠い。

難易度が高かったから、みんなも出来ていなければいいけれど。両手で作った頬杖《ほおづえ》に、あごを沈《しず》めた。

スマホを手に取った。瞳子《とうこ》たちがSNSに投稿《とうこう》をあげているかも知れない。しょっちゅうチェックするのが、癖《くせ》のようになっていた。投稿を見つけたら、いち早く反応したい。

「あ……」

小さな声が漏《も》れた。瞳子と楓《かえで》とまどかの三人が、近くのショッピングモールのフードコートで、いちごパフェをつついている写真がアップされていた。

その店のいちごパフェが美味《おい》しいという噂《うわさ》があって、このあいだ学校で、今度の休みにみんなで食べに行こうと約束したばかりだった。

今日は部活が早く終わったのだろうか。三人とも私服だから、一回家に帰ったと思われる。だったら、連絡《れんらく》をくれてもいいものなのに。

スマホのスケジュールアプリには、週末のところにすでに「いちごパフェ」と入れてある。

平日はともかく、部活に入っていない優希にとっては、週末のスケジュールが埋《う》まっていると、安心する。何も予定が入っていないと、自分だけが取り残されているような気がして、焦《あせ》るし落ち着かない。

一年のときは、水泳で忙《いそが》しい加奈《かな》のスケジュールの合間を縫《ぬ》って、ふたりで遊びに出かけた。二年になってからは、まだ加奈と遊ぶ機会がなく、瞳子たちとの予定が入ったことをことさら喜んでいたのだ。

もう一度、本当はここに自分も写っているはずだった投稿写真を見つめた。「いいね」をつけようとして、画面すれすれのところで指先が止まった。

全然「いいね」なんて思ってない。むしろ、約束していたのに、勝手に行ってしまわれて、もやもやしている。

でも、瞳子たちの投稿に「いいね」をつけなかったことはない。スルーするのは不自然だ。

優希はコメントに「わたしも食べたかったー」と打ったが、嫌《いや》みっぽいかなと気になり、消した。「美味しそう」と打って、そこまで媚《こ》びる自分がみじめで、やはり消した。

この投稿は自分たちのグループだけが見ているわけではない。実際、流星《りゅうせい》やクラスの子たち、テニス部の他の子も、すでに「いいね」を押している。

テニス部の他の子たちもいっしょに写真に写っていたら、どんなに気が楽だったか。部活の流れでみんなで食べに行ったのなら、納得《なっとく》できる。

クラスのみんなは、この写真に優希が写っていないことで、早速《さっそく》ハブられていると思ったりするのだろうか。

たまたまSNSにあげられた、たかが一枚の写真。そんなものにいちいち心惑《まど》わされている自分が痛い。でもやっぱり、されど一枚の写真、なのだ。

見ていないふりをしてスルーしようか散々迷ったあげく、結局「いいね」だけ押して、優希はスマホを裏に返した。

3

翌日、優希《ゆうき》は、一、二時間目の健康診断《けんこうしんだん》のあいだはしのげたものの、中休みになって、学校の女子トイレから出ると、げんなりして頭《こうべ》をたれた。やっぱり生理になってしまったのだ。

「ねぇ、中庭行かない？」

瞳子《とうこ》の言葉に、楓《かえで》たちも賛成した。いちおう疑問文ではあるが、瞳子が言うと、ほぼ決定事項《じこう》だ。

瞳子は、無自覚の女王とでもいおうか、意識してマウントを取ろうとしているようには見えない。本人は努力などしていなくても、きっと今までずっと、自然とヒエラルキーのトップにいたのだろうと、優希は想像する。持ち前のオーラと華《はな》やかさで、人を惹《ひ》きつける魅力《みりょく》があるのだ。

「あ、わたしちょっと、生徒会室に行かなきゃ」

優希は肩《かた》をすくめた。

「そうなんだ。じゃ、またあとで」

談笑《だんしょう》しながら遠ざかる三人の姿が、見えなくなるまで見送った。

瞳子たちは、昨日いちごパフェを食べに行った話をしない。優希もあえて話題を振《ふ》ったりしない。いっしょに食べに行こうという約束は、なかったことになってしまうのだろうか。

勝手に行っちゃってごめん、また優希とも行くから、って言ってくれれば、それでいい。でも、すまない気持ちがあるなら、SNSに投稿《とうこう》したりしないか……。

それとも投稿するってことは悪気がないから？　いや、意地悪だったりするのかな。わたしって、実はハブられてる？

優希はどんよりした足取りで、生徒会室ではなく保健室に向かった。

保健室のスライドドアはぴたりと閉じられていた。一度深呼吸をする。

誰《だれ》もいないことを願いながら、音を立てないようにそろそろとドアを引いた。素早《すばや》く視線を左右に走らせた。奥のベッドのカーテンが引かれている。誰か寝《ね》ているみたいだ。

出直そうとドアを閉めかけると、

「あら、佐々木《ささき》さん。どうしたの？」

奥から出てきた養護教諭《ようごきょうゆ》の浜《はま》先生が声をかけてきた。浜先生は明るくてよいのだが、声が大きい。出来るなら、人差し指を口もとに立てたい。

「あの……先生。急に生理がきちゃって」

かろうじて聞き取れるくらいの、小さな声で言った。

「ああ了解《りょうかい》、ナプキンね。佐々木さんはしっかりしているのに、意外とうっかりさんね。これで何回目？」

浜先生は笑いながら、戸棚《とだな》のところに行った。優希は唇《くちびる》を噛《か》みしめた。

悪気がないのは分かっているが、事情を察してくれるどころか、事情など考えたこともない浜先生に、歯噛《はが》みする思いだった。

浜先生から手渡《てわた》された生理用品数個を、優希はすぐにポケットにねじこむと、お礼もそこそこに保健室から逃《に》げるように去った。


午後になるとお腹《なか》がしくしく痛んできた。しかもこれから、北側《きたがわ》先生の苦手な数学の授業が始まると思うと、気分は底辺をはいずり回った。

数学の授業は緊張感《きんちょうかん》が違《ちが》う。それでも理不尽《りふじん》な校則がなくなったおかげで、北側先生の怒鳴《どな》り声をあまり聞かずにすんでいるのは、本当にありがたいことだ。

チャイムが鳴ると同時に北側先生ではなく、辛島《からしま》先生がひとりの女子生徒を連れて、後ろのドアから入ってきた。

振り返ったとき、優希は息をつめた。目が釘付《くぎづ》けになった。

……やっぱり、あの子だ。

女子生徒はうつむき加減だが、確信した。定規で引いたような、まっすぐのおかっぱ頭。目はすらっと細くてあっさりした顔立ちをしている。

「みなさんとは初顔合わせになるけれど、クラスメイトの米倉愛《よねくらあい》さんです。事情があって、教室でいっしょに授業を受けるのは、今回が初めてですが、みんな、よろしくね。事情については、またあらためて、みなさんにお伝えします」

辛島先生は幾分《いくぶん》早口で言うと、愛に自己紹介《しょうかい》を促《うなが》すでもなく、座席のところまで案内した。優希はその様子をじっと目で追ったが、愛は誰とも視線を合わせないように床《ゆか》だけを見て歩いていた。

愛は小さなバッグをそのまま机の奥に突《つ》っ込むと、席に座った。いつの間にか、北

側先生が前のドアのところに立っていた。辛島先生は愛を一瞥《いちべつ》すると、

「北側先生、よろしくお願いします」

とだけ言って、すぐに教室を出て行った。

いきなりの愛の登場でざわざわした空気が、北側先生が教壇《きょうだん》に立つとすぐにリセットされた。流星《りゅうせい》たち野球部員にとっては、部活の顧問《こもん》の授業でもある。彼らは、ふだんはダラダラやっているのに、座高の高さが新鮮《しんせん》に映るくらい、背中を板みたいにピンと反らせている。

辛島先生の話から想像すると、愛は教室には来られていないが、別室登校でもしているのだろうか。数学の授業を受けにきたのは、なぜだろう。

愛の背中を見ながら、ぼんやり考えごとをしていたので、チョークが黒板を打つ音にハッとした。

静かな分、チョークの書き音すら、教室の空気を震《ふる》わす。北側先生が連立方程式《れんりつほうていしき》のモデルを、とうとうと喋《しゃべ》りながらガシガシ書いていった。

機械的に書き写すものの、意味が全く頭に入ってこない。北側先生の声は、そのまま耳をすり抜《ぬ》けていく。

しばらくすると、愛は両肘《りょうひじ》を机について、両耳を手のひらで押さえた。書き写している様子もない。優希は愛が北側先生に何か注意されそうで、気が気でなかった。北側先生は筆圧が強いせいで、チョークを時々折ってしまいながら、数式を書き連ねた。板書についていくのに、必死だった。

「みんな、ノートにもれなく書き写せよ。答えを導き出すまでの、途中《とちゅう》の式が重要なんだ。いくつかパターンを書いてみるから。これが基本だからな。書いたあとで説明する」

背中を向けていても、北側先生の声はよく通る。

愛が耳を塞《ふさ》ぐ手に、さらに力を込めるのが分かった。先生の話を聞きたくないとでもいうように。

優希は愛から目が離《はな》せなくなった。心配でノートを取る手が止まってしまう。北側先生の怒鳴り声など、誰も聞きたくない。

北側先生がチョークを置いた。両手をパンパンと二回打ち鳴らして、手についた粉を振り払《はら》うと、こちらに向き直った。

「米倉」

怒《いか》りを押し殺したような声は、静かな水面《みなも》に広がる波紋《はもん》のようだった。だが、愛の体勢は変わらなかった。

「ノートを取れって言っただろう。何でやらない？」

初めて教室に現れた愛を慮《おもんぱか》ってか、怒鳴り声ではなく、抑《おさ》えた口調だった。でも、ぐっと我慢《がまん》しているのは、眉間《みけん》に縦《たて》に刻まれた深いしわと、きつく結ばれた紫色《むらさきいろ》の唇から、ありありと伝わってくる。

愛はようやくそっと両耳から手を離した。

「寝てたのか？」

北側先生は続けた。

優希は後ろの席だから見えなかったけれど、目もつぶっていたのだろうか。眠《ねむ》っていたとは思えないが、もしそうなら、北側先生の授業でそんな強者《つわもの》を見たことがない。

愛はそれに答えず、首をかしげて人差し指で頭頂《とうちょう》をかいた。その反応に、北側先生がさらに不快感をあらわにした。

流星は自分のことでもないのに、身をすぼめている。

北側先生は急に黒板の方に向き直ると、黒板いっぱいに書いた数式を乱雑に消し去った。黒板消しから飛び散ったチョークの粉が、空中に舞《ま》っている。

「えー」

という、遠慮《えんりょ》がちな抗議《こうぎ》の声が上がった。優希をはじめ、まだ全部写し切れていない生徒たちがいたのだろう。

北側先生は黒板に向き直ったまま、恐《おそ》ろしいスピードで問題を書きなぐった。愛が体を硬《かた》くするのが分かった。

『10%の食塩水と5%の食塩水を混ぜて、7%の食塩水を300g作りたい。それぞれ何g混ぜれば良いか』

連立方程式の応用問題だった。基礎《きそ》の説明もまだ受けていないのに、優希にはちんぷんかんぷんだった。

「米倉。この問題を前に出て、解いてみろ。出来なかったら、さっき黒板に書いたことを誰かに見せてもらいなさい。それを十回書いてノート提出だ」

北側先生は腰《こし》に手を当てた。

愛がゆっくり立ち上がった。優希は上目づかいで愛の背中を見上げた。いきなり応用問題なんて、出来っこない。愛はどう釈明《しゃくめい》するのだろう。

「先生、問題読んでもらえますか？　黒板がまぶしくてよく見えないので」

淡々《たんたん》とした口調だった。

まぶしい？

確かに場所によっては、窓から入ってくる太陽の光と蛍光灯《けいこうとう》の光が黒板に反射して、見えにくい座席もあるのだが、愛や優希の席は真ん中あたりなので、今までそう感じたことはなかった。

北側先生も首を少しかしげながら、問題文を読み上げた。愛は、先生が読み終わると、間髪《かんはつ》を入れずに、

「10%　１２０g、５%　１８０g」

とだけ答えた。優希は目を見開いた。動揺《どうよう》を隠《かく》せない北側先生は、もう粉のついていそうもない手を、執拗《しつよう》に払い続けた。

「よ、米倉。途中の式は？　答えの導き方が、だ、大事なんだぞ」

ということは、答えは合っているということなのだろうか。

優希はあっけにとられた。口が半開きになる。

授業に初めて出た愛が、まだちゃんと習ってもいない連立方程式の応用問題を、ど

うして瞬時《しゅんじ》に、暗算で、解いてしまえるのか。

何か裏技《うらわざ》を教えてもらっているに違いない。どこの塾《じゅく》に行っているのだろうか。それともすごい家庭教師をつけているのだろうか。訳を知りたい。

「式はかったるいので、いりません」

北側先生が狐《きつね》につままれたような表情になった。愛は続けた。

「先生。気分がすぐれないので、保健室に行ってもいいですか」

怒りの色がすうっと消えた北側先生は、

「お、おい。だいじょうぶか？」

なかばうろたえながら尋《たず》ねたが、愛はそれには答えず、足早に教室を飛び出した。ちらりと見えた横顔は、冷たいプールから上がった人みたいに、蒼白《そうはく》だった。

放課後になり、優希は誠《まこと》と連れだって、四階にある生徒会室に向かった。愛はあのあと、教室に戻《もど》ってくることはなかった。休み時間は愛の噂話《うわさばなし》がちらちら聞こえてきた。

優希も愛のことが、頭から離れなかった。

「あ、荻野《おぎの》くん。目安箱《めやすばこ》」

優希は、階段にかけた右足を止めた。

「あっ、忘れた」

誠が手でおでこを押さえた。優希は大げさにため息をついた。

「確認《かくにん》してくるから、佐々木さん、先に行ってて」

誠は回れ右をすると、昇降口《しょうこうぐち》に設置してある目安箱を目指して、階段を一段飛ばしで駆《か》け下りた。華奢《きゃしゃ》な誠には大きすぎるリュックが、背中で跳《は》ねている。

「待ってるから、あわてないで。危ないよー」

優希の声が、階段に反響《はんきょう》した。

次の踊《おど》り場まで上がって優希が待っていると、誠が息せき切って駆け上ってきた。

「だから、そんなにあわてなくてもいいって」

優希が呆《あき》れたように首を傾《かたむ》けると、

「ち、違うんだ。佐々木、さん、目安箱に、意見。意見が、入ってた！」

頬《ほお》を紅潮《こうちょう》させた誠は、吐《は》き出す息の合間に、言葉をつないだ。

「えっ、どんな？」

優希も目を見開いた。こんなことは初めてだ。

誠は片手に握《にぎ》りしめた用紙を、一瞬躊躇《ちゅうちょ》してから優希に差し出した。しわになった用紙を広げた瞬間、優希は体の内側に冷や汗《あせ》をどっとかいた。


――生理用品を女子トイレに常備してほしい

優希は言葉を失っていたが、

「あの、佐々木さん。お願いがあるんだけど……」

誠の声に我《われ》に返った。

「何？」

誠が優希の顔をのぞきこんだ。一点の曇《くも》りもない眼鏡レンズの奥で、瞳《ひとみ》が揺《ゆ》れていた。

「この意見、生徒会で佐々木さんが報告してくれないかな？」

誠の目がしがみついてくる。

「どうして、わたしが！」

思わず強い口調になった。誠がぱっと顔を離した。

「わたしは書記もやってるし、会計も手伝ってるし、生徒会でいろいろやってるの。目安箱は荻野くんの仕事じゃない」

優希は誠に押しつけるように、用紙を持つ手をぐいと伸《の》ばした。誠は狼狽《ろうばい》した様子を隠しきれず、

「……わかった。ごめん」

用紙を受け取った。

誠がなぜ優希に頼《たの》んだのかは想像がつく。内容がデリケートなことだから、男子の口から言うのは恥《は》ずかしいのだろう。

優希だって、あのことじゃなかったら、代わりに言うくらいたやすいことだ。誠が嫌《いや》なら、別に代わってあげても構わない。でも……。

強く言ってしまったことへの後悔《こうかい》とともに、誰が書いたのかという疑念がわき上がった。自分と同じように、生理用品で困っている人が他《ほか》にもいたということだ。

メモの字は男子っぽい殴《なぐ》り書きだったが、まさか男子が書くなんてありえない。きっと自分の字がバレないように、わざと乱雑に書いたのだろう。

あるいは、瞳子たちが書いたのだろうか？　生理用品を何度も保健室にもらいに行っているのが、もしやバレている？

一瞬頭をかすめた思いに、優希は恥ずかしさで身が縮むようだった。頭を小さく振り、そんなわけない、と思いを振り払った。

生徒会が始まった。

ひと通りの連絡《れんらく》事項を、生徒会長の村上《むらかみ》さやか先輩《せんぱい》が読み上げた。今日はあまりたいした議題はないようだ。

「北側先生からは特に何も言われてないけれど、みなさんの方から、何か話し合っておきたいことはありますか？」

北側先生は、生徒会の担当教諭でもある。さやか先輩がくりくりした愛嬌《あいきょう》のある目で、メンバーを見わたした。特に挙手する者はいない。

「あっそうだ、目安箱のこと忘れてた。荻野くん、どうだった？　先輩が目立つように赤く塗《ぬ》ってくれたけど、またゴミとか入ってなかった？」

さやか先輩が苦笑まじりで、誠に視線を向けた。誠はひと呼吸置いてから、神妙《しんみょう》な面持《おもも》ちで答えた。

「今日、入ってました」

「ゴミ？」

すかさず三年の男子がまぜっかえし、どっと笑いが起きた。優希は書記ノートから、目を離せなかった。

「いえ、ゴミじゃなくて……」

誠はポケットからしわになった用紙を取り出した。口を開いたり閉じたりして、なかなか言い出せない。

「荻野くん、何て書いてあったの？　早く読んで」

さやか先輩が少しイラついたような声を出した。中三ともなれば、さっさと生徒会を切り上げて受験勉強をしたいと思っていても、それほど不思議ではない。

「は、はい。すみません」

誠は顔を上げると、一気に言った。

「『生理用品を女子トイレに常備してほしい』って書いてあります」

「荻野、キモいぞー」

さっきの男子がからかうと、点火されたみたいに、誠の頬が燃えた。

「ちょっと、ふざけないで」

さやか先輩は男子生徒をたしなめると、続けた。

「生理用品を女子トイレに常備って、それ必要かな？　それくらい身だしなみじゃない」

さやか先輩が首をひねると、

「だよね、保健室にだってあるんだから、いらないよね」

三年生の副会長の女子生徒も同調した。

「……」

このふたりの意見に、瞬時に空気が支配された。

生徒会室が、目に見えない圧のようなものに覆《おお》われる。

「他に意見ある人」

さやか先輩がざっと見わたす。

誰も何も言わない。いや、誰も何も言えないのだ。会長と副会長の意見が一致《いっち》しているのだ。言えるわけがない。

優希は、ひたすらノートを凝視《ぎょうし》し続けた。

「じゃ、そういうことで」

さやか先輩が切り上げようとしたので、優希は弾《はじ》かれたように顔を上げた。

えっ、そういうことでって？

心の中の声は、口から出ることはなかった。

すると、誠が椅子《いす》を鳴らして、突然《とつぜん》立ち上がった。ぐらついた椅子が、後ろにひっくり返る。ガシャンという音が圧を破った。

「ちょ、ちょっと待ってください！」

「荻野くん、どうしたの」

さやか先輩が、怪訝《けげん》そうに横目でにらんだ。

「せっかく、目安箱に意見を入れてくれた人がいたのに、これでおしまいって。それはあんまりっていうか……。まともな意見が入ったのって、僕が生徒会に入って初めてで……。書いてくれた人に悪いっていうか……。ちゃんと話し合ってないし」

誠の声は、だんだん小さくなっていった。

「話し合ってないって、みんなに意見聞いたよね」

さやか先輩の責めるような口調に、誠は口をつぐんだ。うつむき加減で下唇を噛みしめている。が、顔を上げた。

「でも……。でも、まだ足りないと思います」

誠はきっぱり言い切った。

思わず優希は誠の顔を見上げた。血走った目はかっと見開かれ、ふだんの頼《たよ》りなさはみじんも感じられない。

「は？　そうでもないと思うけど」

さやか先輩はうんざりしたように、首を傾けた。

そのとき突然、ジャージ姿の北側先生が、生徒会室に大股《おおまた》で飛び込んできた。野球部の練習から抜けて、そのまま来たようだ。額には玉の汗が噴《ふ》き出ている。

空気が急に変わった。

「よかった、まだ終わってなかった。来月の体育祭のことで、生徒会に重要な連絡事項があったんだ。間に合って良かった」

さやか先輩が、先を促すようにうなずいた。

「体育祭は今年もクラス対抗になるんだけど、今年は各クラスでスローガンを決めてほしいんだ。クラスの応援旗《おうえんき》も作ろうと思っていて」

「それって体育委員会にも、話いってるんですか？」

さやか先輩は顔には出さずとも、言葉じりには面倒《めんどう》くささがにじみ出ていた。

「もちろんだ。応援旗っていっても、そんなたいしたものでなくて、クラスカラーの生地《きじ》にスローガンを書くくらいでもいいし、それは各クラスに任せる。スローガンや応援旗があった方が、盛り上がるだろう」

北側先生は、青空のもとカラフルなクラスカラーの応援旗がはためく様子を想像しているのか、うきうきした様子で目線を上げた。

「ええ、まぁ」

さやか先輩は歯切れが悪い。

「で、各クラス、スローガンをなるべく早く決めてほしい。これを生徒会からみんなに伝えてくれ。以上」

北側先生は、ひとり満足げにうなずくと踵《きびす》を返した。姿が見えなくなると、

「わたしたちって、ただの伝書鳩《でんしょばと》みたい」

副会長がぼやいた。

「何のための生徒会だよ。せめて、こういう案はどうだろう、くらいの相談とか提案《ていあん》スタイルだったらいいけどさ。北側先生が、全部先に決めちゃってんじゃん」

「校長先生がかわっても、北側先生はなかなか変われないよな」

三年生の男子たちも口をとがらせた。さやか先輩はまつげを伏《ふ》せて、長めのため息をついた。が、ぱっと目を開けると、

「じゃ、みんな。出来れば次のミーティングまでに、体育委員と協力して、各クラスでスローガンを話し合ってきてください。よろしくお願いします。では今日の生徒会は、これで終わります」

と、締《し》めてしまった。


生徒会が終わり、書記ノートを整理したりしていると、ふだんはなんとなく誠と昇降口までいっしょに向かうのに、気付くと誠の姿はもうなかった。

優希は階段を駆け下りた。昇降口のところにも見当たらない。

優希は急いで上履《うわば》きを履き替《か》えると、踵《かかと》を踏《ふ》んだまま外に飛び出した。

校門をくぐる誠の後ろ姿が見えた。右に向かって歩き出した誠を、優希はダッシュ

で追いかけ、声をかけた。

「荻野くん」

早足で歩いていた誠は、考えごとでもしていたのか、体をビクッと震わせて後ろを振り向いた。

「あぁ、佐々木さんか。びっくりした。どうしたの？」

そう聞かれ、用事などなかったことに、自分でも戸惑《とまど》った。

日安箱の意見のことで、誠は生徒会長のさやか先輩に食い下がった。シンプルに驚《おどろ》いたし、その姿が頼もしく見えて、咄嗟《とっさ》に追いかけてしまったのだ。

「あ、いや。別に……」

優希が口ごもると、

「佐々木さんの家、こっちだっけ？」

誠が首を少し傾けた。

「うん。いつもはまっすぐ行ってから、右に曲がるんだけど、こっちからでも行けるんだ」

「そっか」

誠が微笑《ほほえ》んだので、優希もつられて唇の端《はし》を上げた。しばらくふたりで並んで歩いたが、会話はなかった。

目安箱の意見のこと、いきなりの体育祭のスローガンのこと、愛のこと……。

話したいことはいっぱいあったのに、そのきっかけがつかめないまま、優希は規則的に歩を進めた。

身長差がほとんどない誠の肩が、すぐ横にある。誠だって、さっきの生徒会のことを考えているに違いない。でもその顔をのぞきこむことは、勇気がいる。

土手にぶつかった。優希の家は左折して、川沿いを上っていく。誠もここが分かれ道だと思ったのか、立ち止まった。

「僕んちは、そこの橋をわたって、そのまままっすぐ行ったところなんだ」

「……そっか、じゃあ、ここでだね。わたしのうちはあっち」

優希が左手を指差したときだ。遠くの土手を、白い大型犬とたわむれるように歩く、おかっぱ頭の少女に、目が吸い寄せられた。

「あれって……」

ふたりは同時に顔を見合わせた。

「ひょっとして、」

優希の言葉を、誠が継《つ》いだ。

「米倉さん？」

その少女は、大型犬に引かれるように、川原《かわら》の方に土手を駆け下り、姿が見えなくなってしまった。優希と誠は、申し合わせたように、ふたりで土手を駆け上がった。

足もとを確認しなかったので、優希のスニーカーはともかく、誠のぴかぴかのローファーに、泥《どろ》がついてしまった。

大型犬と少女は草っ原で、とっくみあいみたいにして、じゃれあっている。顔ははっきり見えないけれど、あれは愛に違いない。

「米倉さん、笑ってるね」

誠がひとりごとみたいに、つぶやいた。

「うん……楽しそうだね」

のびのびとにこやかな愛は、さっき教室で見た愛とは別人のようだった。

しばらくすると、愛はまた大型犬といっしょに向こうに走り出し、やがて見えなくなった。

4

翌週のロングホームルームの時間、辛島《からしま》先生は出張で不在だった。生徒会に属している優希《ゆうき》と誠《まこと》は学級委員も兼《か》ねている。

辛島先生から出張前に、体育委員と協力して進めてほしいと、依頼《いらい》されていた。

議題は、体育祭のことだ。クラスのスローガンも決めなくてはならない。

チャイムが鳴っても、なかなか静かにならないなか、優希は椅子《いす》を引いて教卓《きょうたく》に向かった。相変わらず愛《あい》の席は、空席だ。

途中《とちゅう》で窓際《まどぎわ》の席の誠を振《ふ》り返ると、優希と目が合った誠は、渋々《しぶしぶ》という風に席を立った。ロングホームルームの司会をやるのが、誠には相当苦痛なようだ。

「静かにしてください」

教卓に誠と並ぶと、優希は声を張り上げた。まだおしゃべりは完全にはおさまっていないが、少しマシになったところで、

「今日は、体育祭のことが議題ですが、まずはスローガンについて話し合います」

と、優希は切り出した。

「何、スローガンって」

「全体の？　クラスの？」

何人かが反応した。

「体育委員会でも話が出ていると思いますが、今年はクラスのスローガンを決めることになりました。三組のクラスカラーは黄色だけど、スローガンをモチーフにした黄色の応援旗《おうえんき》も、作ることになりました」

優希は、体育委員の瞳子《とうこ》と流星《りゅうせい》に目を走らせたが、スルーされた。

「え、めんど」

「だるっ」

男子からのぼやきに、顔は平然としていても、心はなぶられる。

口を閉じたままの誠は、優希の斜《なな》め後ろに立っていて、盾《たて》にすらならない。

このあいだ、生徒会長のさやか先輩《せんぱい》に食い下がった誠は、どこに行ってしまったのだろう。

「体育祭のことだから、この議題の進行は、体育委員の方がいいかと思うのですが、牧《まき》さんと田中《たなか》くん、お願いできますか？」

「えー」

瞳子から、不満そうな声が上がり、たじろいだ。事前に伝えておけば良かった。

「俺らじゃなくてよくね？　このまま佐々木《ささき》とまっこんで、進めてくれれば。な、牧」

流星は椅子にふんぞり返った。同意を求めようと、列を挟《はさ》んで隣《となり》の瞳子の方に、顔だけ向けた。

「うん。優希たちでやって」

当然のごとく瞳子は賛成し、流星は心なしか嬉《うれ》しそうに頬《ほお》を緩《ゆる》める。

優希は仕方なく誠に目線を移すと、誠もあきらめたように、小さくうなずいた。

「では、こちらで進めます。体育祭のスローガンは、北側《きたがわ》先生の発案のようですが、」

優希が話を始めると、

「えっ、北側先生なの!?」

流星は急に前のめりになって、話の腰《こし》を折った。

「うん、たぶんだけど」

優希が曖昧《あいまい》に答えると、

「マジか」

流星はいきなり両腕《りょううで》を組んだ。優希は続けた。

「クラスで早めに決めたいと思います。応援旗を作る時間も必要だし」

優希の言葉が終わるやいなや、

「『必勝』ってどうだ」

流星は人差し指を、天に突《つ》き出した。

「『必勝』？　なんかダサくね」

「イマイチだなー」

ネガティブな言葉が飛び交《か》うと、流星はすぐに不機嫌《ふきげん》な顔になって、
と、ぶうたれた。

「じゃあ、お前らなんか考えろよー」

「意見は挙手してからで、お願いします」

優希は割って入った。

「はいっ」

流星は再び、元気よく手を挙げた。

「田中くんどうぞ」

「やっぱり、『必勝』がいいと思います。優勝したいじゃん、やっぱ」

と切り出すと、少し声のトーンを落として、続けた。

「実は、内部事情話しちゃうとさ。優勝出来なかったクラスの野球部員は、朝練ランニングが待ってるんですよ」

流星はげんなりした表情で、肩《かた》を落とした。

「何それ？　六クラス中、優勝出来るのって一クラスだけでしょ。ってことは、ほとんどみんなじゃん。北側が顧問《こもん》だと、さすがひでえな」

サッカー部の男子から、同情の声が上がった。

「北側先生が言い出したのかは知らないよ。でもなんか野球部の伝統になっちゃってるんだよ。だからさ、二年生の目玉種目の全員リレー、あれには何としてでも勝ちたい。全員リレー、めちゃ得点高いからさ」

流星は鼻の穴を膨《ふく》らませ、続けた。

「他《ほか》の種目で得点稼《かせ》いでも、全員リレー落としたら、優勝やばいし。逆に他がダメでも、全員リレーで一位とれば、逆転もありうる！」

息巻く流星に、他の野球部員も大きくうなずいている。

優希はちらりと、横の誠を盗《ぬす》み見た。

誠は、先週の体育の全員リレーの練習で転んでしまい、他のクラスに抜《ぬ》かされたばかりか、大きく引き離《はな》されてしまった。

流星の発言が、誠に大きなプレッシャーとしてのしかかっていることは、言うまでもない。誠は細い肩をいっそう寄せるようにして、うつむいてしまっている。

「はーい」

瞳子が手を挙げた。

「牧さん、お願いします」

優希はすぐに向き直った。

「『必勝』って、それスローガンかな？　『心ひとつに』とかでよくない？」

すると流星は、

「『心ひとつに』、いいねぇ。オールフォーワン、ワンフォーオールってやつでしょ」

と、瞳子に向かって親指を立てた。

「いや。ちょっとそれとは違《ちが》うけど」

つれない瞳子に、小さな失笑《しっしょう》がわく。

「何だっていいんだよ。『心ひとつに』がいいなってことを、言いたかっただけ」

流星が唇《くちびる》をとがらせた。

「今、田中君から『必勝』と、牧さんから『心ひとつに』の案が出ましたけど、みなさん、どうでしょうか。他に意見はありませんか」

優希はクラスを見わたした。

瞳子がまっすぐこっちを見ている。その視線に圧を感じた。楓《かえで》やまどかの視線も気になりだした。

同じグループなのだから、瞳子がせっかく出した案を採用するように、話を誘導《ゆうどう》していくべきなのだろうか。瞳子たちは、それを期待しているのだろうか。

優希は落ち着かない気持ちになり、目線をあちこちに動かした。正直なところは、『必勝』だけでなく『心ひとつに』も、ピンときていなかった。

そのときだ。

「『心ひとつに』なんて大嘘《おおうそ》だよ」

後ろのドアに人影《ひとかげ》が現れた。号令がかかったみたいに、全員がいっせいに振り向いた。

愛だった。教室がどよめく。

「心ひとつって何それ。三十五人いれば、三十五通りの心があるんだから」

愛は言い放った。

教室は水を打ったように静まりかえった。みんな瞬《まばた》きを忘れたように、愛を見つめた。

――三十五通りの心

愛の言葉は、優希の心に、静かに奥深く刺《さ》さった。

そんなこと、考えたこともなかった。

愛はハッとして、

「話し合いの腰を折って、ごめんなさい。休み時間かと勘違《かんちが》いしてた。わたし、忘れ物とりに来ただけで……」

うつむきがちに、自分の席まで歩を進めた。

「えっ、何。もう行っちゃうの!?」

流星の言葉を皮切りに、教室がとたんに騒《さわ》がしくなった。愛は顔をゆがめた。机の奥から、このあいだ押し込んだ小さなバッグをあわてて引っ張り出し、そのまま逃《に》げるようにして教室を去った。

「なんだ、あいつ」

「出席日数とかってどうなってんの」

関係ないことを言い出す男子もいる。

「言い逃げじゃんね」

まどかが瞳子の肩を持つように、非難めいた口調で言った。その言葉で、愛が瞳子のアイディアを全否定したことを、優希は再認識《さいにんしき》した。

「だよね。意見があるなら、ロングホームルーム、最後までいればいいのに」

楓も乗っかった。瞳子にちらりと視線を送るのが見えた。瞳子は足を組んであさってのほうを向いていた。

これまで、自分の意見がみんなの前で全否定されたことなど、あまりなかっただろう瞳子が、今どんな表情をしているのか、優希は怖《こわ》くて直視できなかった。

でもそのことよりも、教室から離れていく愛の緊張《きんちょう》した小さな背中が、頭から消えなかった。

5

優希《ゆうき》は、四時間目が終わるチャイムが鳴り始めるやいなや、

「では、体育祭のスローガンについては、次回のロングホームルームまで持ち越《こ》しにするので、各自考えてきてください」

と、早口で締《し》めくくった。

結局、スローガンはまとまらず、個人の出場種目を決めるのが精一杯《せいいっぱい》で、ロングホームルームは終わってしまった。

優希は教室を飛び出して、保健室に向かった。愛《あい》のことが、気になって仕方なかった。数学の授業のときも、愛は保健室に行くと言っていた。今もそこにいるかも知れない。

階段を一気に駆《か》け下りて、保健室が近づいてくると、優希は急に歩みをゆるめた。ばたばたと足音をさせないように、そっと扉《とびら》に近づいた。耳をそばだてる。すると中から、浜《はま》先生の声が聞こえた。

「米倉《よねくら》さんは……」

一年生の女子の集団が現れ、廊下《ろうか》はとたんに賑《にぎ》やかになった。

「……ギフテッドって言われる……」

よく聞こえないが、「ギフテッド」という単語だけは、はっきりと耳が拾った。

ギフテッド、って何だろう？

優希がさらに耳を扉に寄せると、

「わたしもいろいろと勉強しているんです。校長は見識がありますが、わたし含《ふく》め、もっと教員たちの理解を深めないと……。いろいろとありがとうございます」

辛島《からしま》先生の声が、だんだん扉に近づいてきた。立ち去る間もなく扉が開いた。

「あれ、佐々木《ささき》さん。どうしたの？　具合でも悪いの？」

辛島先生が優希を見て、目を丸くした。

「い、いえ」

歯切れが悪くなる。辛島先生は微笑《ほほえ》みを浮《う》かべて待っている。咄嗟《とっさ》に、辛島先生ならば正直に話せると思った。

「米倉さんのことが心配で来ました。米倉さん、さっきのロングホームルームのときに、教室に忘れ物をとりに来たんです。でも、そのまま逃《に》げるみたいに出て行っちゃって。ひょっとしたら保健室に来ているんじゃないかって……」

辛島先生はにっこり笑うと、

「そうだったのね。佐々木さんは優《やさ》しいのね。米倉さん、保健室には寄ったみたいだけど、もう帰ったそうです。心配することはないですよ」

と、優希の肩《かた》をぽんとたたいた。

優希は一段一段踏《ふ》みしめるように、階段をゆっくりと上った。すると、踊《おど》り場のところを急カーブして下りてくる、給食当番の白衣を着た誠《まこと》と目がぶつかった。

「荻野《おぎの》くん」

「あっ、佐々木さん」

「どこ行くの？」

「んと……保健室」

「ひょっとして、米倉さんを捜《さが》しに来たとか？」

優希が尋《たず》ねると、誠が大げさに背中を引いた。

「えっ、なんで分かったの？」

優希は笑みを浮かべた。

「わたしもだったから」

「ああ、そうだったのか。佐々木さん、読心術《どくしんじゅつ》でも使えるのかと思って、びっくりした」

真面目《まじめ》に言っている誠に、吹《ふ》き出しそうになる。

「んなわけないじゃん。で、米倉さん、もう帰ったって」

「遅《おそ》かったかあ」

誠が悔《くや》しそうに右こぶしを振《ふ》り下ろすと、大きすぎる白衣がずれて、肩が半分はだけた。きちんと結ばれていなかったのか、ゆるゆるの三角巾《さんかくきん》も斜《なな》めにずれた。

「そこまで悔しがる？」

優希がいぶかしむと、当の誠も首をひねった。

「ん？　なんか気になるっていうか。あ、ごめん変な意味じゃないよ。そっくりだし……」

「そっくり？」

優希が眉《まゆ》を寄せると、

「いやいや、何でもない。そうじゃなくて、んー、心配になる、みたいな」

優希が相づちを打つ間もなく、誠が続けた。

「僕、給食当番だから、とりあえず給食室からパンを運ぶだけ運んで、飛んできたんだけど」

誠のセリフに、優希は、あっ、と口もとを押さえた。

「いけないいっ、わたしも、給食当番だった！」

優希は誠を置いてけぼりにして、教室に飛んで戻《もど》った。今週の給食当番は瞳子《とうこ》といっしょで、いつもふたりで副菜を運んでいた。

やらかしてしまった。すぐにでも追いつかねばと急いだが、白衣の入った袋《ふくろ》が見当たらない。

すると、瞳子がまどかとペアで副菜を運びながら、給食室から戻ってきた。

「まどか、ごめん。代わりに行ってくれたんだ。わたしやるから」

優希が息せき切って言うと、

「優希、どこ行ってたの？」

と、瞳子に突《つ》っ込まれた。

咄嗟に黙《だま》った。

なぜか、愛のことが心配で保健室を訪ねた、と言えなかった。

「腹痛系？　トイレダッシュでしょ？」

まどかの言葉に、小さくうなずいた。

「やっぱりねー。ロングホームルームの最後、やたら巻《ま》き入れてたもんね。で、治ったの？　お腹《なか》」

瞳子が優希の顔をのぞきこんできた。髪《かみ》の毛を結《ゆ》わえているのに、てっぺんには天使の輪が出来ている。やっぱり髪の毛のつやが違《ちが》う。なぜか、どうでもいいことが頭をよぎった。

「う、うん。だいじょうぶ」

「よかった。あれ辛《つら》いよね」

瞳子が同情するように目を細めたので、優希はいたたまれなくなって、まどかに顔を向けた。

「あとはわたしやるから、白衣」

と手を伸《の》ばした。

「あー、もう脱《ぬ》ぐのめんどいから、今日はあたしやるよ。これは優希への貸しね。パフェ一個、なーんて」

まどかはおどけたが、優希の表情筋《ひょうじょうきん》が固まった。

すると、瞳子の大きな目が見開かれた。

「そうだっ。こないだは、いちごパフェ食べに行っちゃって、ごめん」

瞳子が両手を合わせて、続けた。

「四人でいっしょに行く約束してたのに。急に部活が早く終わって、テニス部のみんなで行っちゃったの」

「そうだった、そうだった。明日、優希にあやまろうねって言ってたのに、すっかり忘れてた」

まどかも両手を合わせて、頭のところまで上げる。

「いいよ、いいよー。また行けばいいじゃん。そんなの全然気にしてなかったよー」

めちゃくちゃ気にしていた優希は、すごい安堵感《あんどかん》で脱力《だつりょく》してくる肩に、くっと力を込めた。

ハブられてたんじゃなかった……。

いつの間にか、楓《かえで》も輪に加わっていた。

「いちごパフェね、思ったほどじゃなかったよ。今度、マンゴーパフェが出たら、四人で行こ」

すると、流星《りゅうせい》のせっつくような声が響《ひび》いた。

「おい、給食当番。早く配れよー」

「やば。じゃ、またあとで」

瞳子とまどかは、配膳《はいぜん》に走った。


お昼休みになると、四人で中庭に出た。

四人だけになると、不自然なくらい、誰《だれ》も愛のことを話題にしなかった。

瞳子は何も触《ふ》れないが、プライドが傷つけられただろう瞳子の心中を慮《おもんぱか》ると、愛のことを話題に出すのははばかられる。

優希自身、さっき腹痛だと嘘《うそ》をついたのも、今思えば、瞳子に対する一方的な気遣《きづか》いだった。

たわいのないおしゃべりが続いたあと、

「米倉さん、家に帰ったのかな」

と、瞳子が唐突《とうとつ》に言った。

まどかと楓が一瞬《いっしゅん》目くばせをした。ふたりの間では、瞳子に対する愛の発言のことで、何か会話があったのかも知れない。

優希はどう反応してよいか、分からなかった。

瞳子の肩を持つような意見を言うべきか。

それを瞳子は、期待しているのだろうか。

どう反応すれば正解なのか、おたがいに探《さぐ》り合うような空気が流れた。

「帰ったんじゃない？　とにかくあの子、謎《なぞ》だよね」

まどかが、当たり障《さわ》りのない返事をした。

「だよね。謎だ、謎」

楓は首をひねった。

ちょうどチャイムが鳴ってくれた。瞳子が教室に向かって歩き出したので、この話題はこれで終わった。優希たちも歩調を合わせた。

優希は、愛の悪口にならなくて良かった、とホッとしたのもつかの間、思わず立ち止まった。

どうして、わたしは、素直《すなお》に愛のことが気になる、と言えないのだろう。

どうして、わたしは、愛の「三十五通りの心」に衝撃《しょうげき》を受けた、と言えないのだろう。

どうして、みんなはどう思ったのか、と聞けないのだろう。

どうして、わたしは、瞳子の考えることを、いつも先回りして予想しては、気をもんでいるのだろう。

どうして、
どうして、
どうして……。

気付くと、三人の背中が遠くなっていた。優希はパッと首を立てると、あわてて追いかけた。

ホームルームのときに、実力テスト返しがあった。成績表をわたされるときに、

「よく頑張《がんば》ったわね」

辛島先生から声をかけられたので、ひょっとして首位をキープ出来たのかと期待した。成績表にぐっと顔を近づけると、校内で首位どころか三十七番だった。目を疑った。

英語だけはお願い、と思い、英語の欄《らん》に目を走らせると、98点で二位だった。辛島先生は98点で「よく頑張った」に入るのだろうが、優希は違った。

優希はずぶずぶと肩を落とした。

98点で二位ってことは、満点がいたってことだよね……。

一体、誰？

成績表を雑に折ると、さっさとバッグにしまいこんだ。

ショックの色を笑顔で塗《ぬ》り替《か》えて、瞳子たちとバイバイすると、優希は校門を出た。

なんとなく川沿いを歩きたくて、このあいだ、誠と帰った道を選んだ。

しばらくすると、後ろから小走りで駆けて来る音が近づいてきた。

「佐々木さん？」

はぁはぁする息といっしょに声がした。

一拍《いっぱく》おいてから、ゆっくり振り返ると、誠だった。

「ああ、やっぱり。人違いかと思って焦《あせ》ったよ」

誠は頭をかいた。

「……」

優希が黙っていると、

「今日は、こっちの道だったんだね」

いつもはあまり喋《しゃべ》らない誠が、続けて喋った。

うん、とだけ返す。沈黙《ちんもく》が続いた。実力テストの結果がショックすぎて、誠に気をつかう余裕《よゆう》なんてなかった。

沈黙のまま、分かれ道に着いた。ふだんのんきに見える誠にも、優希の落ち込んだ様子が伝わったのか、

「じゃあ、また明日ね。……米倉さんに、明日は会えるかな」

誠は遠慮《えんりょ》がちにつぶやくと、橋の方に歩き出した。その後ろ姿に、

「待って、荻野くん」

優希は、咄嗟に声をかけた。誠が驚《おどろ》いたように振り返る。

「ギフテッド。荻野くん、ギフテッドって知ってる？」

「ギフテッド……」

誠は立ち止まって、考えるように黒目を上に上げた。

「養護教諭《ようごきょうゆ》の浜先生が、たぶん、米倉さんのことを、ギフテッド？　みたいなこと言ってた。保健室から聞こえたの」

誠は二、三回、続けてうなずいた。

「テレビで見たことがあるんだけど。たしかギフテッドって、生まれつき、ずば抜《ぬ》けた才能を授《さず》かった人、のことだと思う」

「生まれつき、ずば抜けた才能……」

優希はぼんやり空を見つめた。

愛が図書館で難しそうな勉強をしていたことや、数学の授業で応用問題を、途中《とちゅう》式も書かずに瞬時《しゅんじ》に暗算で解いたことを思い出した。

「米倉さんなら、分かるかも」

誠はさらにうなずいた。

誠も数学の授業のことを、思い浮かべているのだろうか。

ふいに、実力テストの英語の一位は愛ではないか、という考えがわき上がった。すぐに、そうに違いないと、確信に変わる。

思いもよらぬ悔しさが、腹の底からせり上がってきた。

「ギフテッドだとさ、何の努力もしないで、いい点数が取れるんだよね」

「え？」

優希のとげのある口調に、誠の顔が曇《くも》った。

「だって、ずるいよ。わたしなんて、どれだけ勉強しているか。どれだけ努力しているか。それでも思ったような結果は出ないんだよ」

「……」

「米倉さんのこと、羨《うらや》ましいよ」

唇《くちびる》がわななないた。

「佐々木さん……」

どうしてこんなことを、誠にぶちまけているのだろう。誠が困ってしまっている。

感情のゆらぎが、涙腺《るいせん》をもゆるませた。

「ね、佐々木さん、土手に上がろうか。天気がいいから、きっと気持ちいいよ」

誠は川の方を指差すなり、優希の返事も待たずに、坂を上がりだした。

誠のあとを追って土手まで登り切ると、大きな川幅《かわはば》をゆったりと流れる豊かな水が、きらきらと光をちりばめていた。

「ここ、座っちゃう？」

遊歩道をよけ、誠がシロツメクサが広がる下り坂のところに、慣《な》れた感じで腰《こし》を下ろした。優希が少し躊躇《ちゅうちょ》すると、

「あ、制服汚《よご》れちゃうか」

誠が立ち上がろうとしたので、

「平気平気」

優希はすとんと、誠の隣《となり》に座った。

「よく来るの？」

「うん。暇《ひま》だからってわけじゃないけど、ここ、好きなんだ」

甘ったるいような春の風が、首筋を横切っていく。

「たしかに、気持ちいいね。川の水、こんなにきれいだったんだ」

気持ちがだんだん、凪《な》いでいく。

「でしょ？　良かった」

誠は嬉《うれ》しそうな笑顔を見せた。しばらくすると、誠は目線を川の流れに向けたまま言った。

「僕もさ。米倉さんのこと、羨ましいと思うよ」

優希は足もとを見た。隣に並んだ黒いローファーは、このあいだの泥《どろ》はすっかり取れて、つやが出るほど磨《みが》かれている。誠は言葉を継《つ》いだ。

「米倉さんは、ギフテッドかも知れない」

「……ん」

誠は地面の草を少しむしると、パッと手のひらを広げて風に乗せた。

「才能には恵《めぐ》まれているかも知れないよ。だけど、少なくとも学校が楽しそうには見えないんだ。辛島先生が言ってた事情が何かは、まだ分からないけど。でも、あの白い犬と遊んでいるときは、米倉さん、ほんと楽しそうだったから」

「……」

優希はハッとして、隣にちんまり座る誠の肩先に目を向けた。

その骨張った華奢《きゃしゃ》な体に宿る、懐《ふところ》の柔《やわ》らかさに触《ふ》れた気がした。愛を妬《ねた》んだ自分も、ほとんど交流のない愛をも包む、懐の柔らかさに。

誠と別れると、優希はそのまま土手道を歩いた。

愛がまた白い大型犬と散歩しに来ないかと、何度も立ち止まって、川の流れに目を向けた。どんなにゆっくり歩いても、とうとう愛は現れなかった。

家に帰って鍵《かぎ》を開けると、玄関《げんかん》にはお父さんの焦《こ》げ茶の紐靴《ひもぐつ》が、乱雑に散らばっていた。

「ただいま」

優希は小声で言うと、廊下を足早に進んだ。最近、早く帰ってくる日が多い気がする。フリーの仕事とはいえ、正直心配だ。

リビングの扉を開けると、ソファの上にだらしなく寝込《ねこ》んでいるお父さんの姿が、目に飛び込んできた。ジャケットは床《ゆか》に脱ぎ捨てられ、食卓《しょくたく》の上には買い物袋《ぶくろ》がそのまま放置されている。お酒を飲んでいるわけじゃないだろうに、こんなことは稀《まれ》だ。

お父さん、疲《つか》れてるのかな……。仕事もやって家事もやってじゃ、疲れてるに決まってる。

起こして、寝室《しんしつ》で寝るように言った方がいいのか迷ったが、とりあえず先に着替《きが》えてこようと、音を立てずに自分の部屋に向かった。

制服を着替えて、もう一度リビングに顔を出すと、まだお父さんは眠《ねむ》っているようだった。買い物したものを片付けるために、スーパーの袋をそっと持ち上げる。慎《しん》重《ちょう》にやっても、カシャカシャとしてしまう音に、お父さんが反応した。

「あれっ、優希。もう帰ってきてたの？」

のっそりと上体を起こした。

「うん。つい、さっきだけど。お父さん、仕事早く終わったの？」

「そうなんだ。ちょっと横になっただけなのに、寝ちゃったんだな」

お父さんが首をこきこきさせた。

「ああ、優希。俺やるから、買い物、片付けなくていいよ」

「いいよ、お父さん。疲れてるんじゃない？　ちゃんとベッドで寝てくれれば？」

優希は言いながら、買い物袋に手を入れた。

「だいじょうぶ。ちょっと眠ったおかげで、すっきりした」

袋から野菜などを取り出していくと、底の方からホットケーキミックスが出てきた。

「ホットケーキミックス？」

「あー、見つかっちゃった。本当は優希が帰ってくる前に焼いて、驚かせたかったのに。ちっちゃいころはよく焼いてあげただろ」

「まあ、そうだけど。なんでまた急に？」

お父さんは鼻先を少しこすった。

「優希が毎晩遅くまで、テスト勉強頑張ってたから、ご褒美《ほうび》だよ。トッピングのいちごと生クリームも買ったんだぞ」

冷蔵庫に野菜をしまう手が、一瞬、止まった。優希の顔色が翳《かげ》るのを、お父さんは見逃《みのが》さなかった。

「あれ、どうした？」

「実力テスト……。ご褒美もらえるほど、良くなかった」

お父さんは、優希のそばまでゆっくり歩み寄ると、肩に手を置いた。

「いいじゃないか。首位をキープするのは、至難《しなん》の業《わざ》だよ」

「……」

「それにお父さんは、順位がどうのじゃないんだぞ。毎晩切らさずに、勉強を頑張っている優希が、誇《ほこ》らしかったんだよ」

胸がつまって、優希は口もとだけで微笑《ほほえ》みを返した。

「プラウド　オブ　ユー」

お父さんは変な節をつけた。

「何それ」

「お父さんが作った歌」

優希がつい吹き出すと、

「じゃ、今日はいっしょに、ホットケーキ作っちゃう？」

お父さんは親指を立てた。

「いいね」

優希も首をちょんと傾《かたむ》けた。

ふたりで、蒸気が出ているような熱々のホットケーキをつつきながら、レコードをかけた。

「ねえ、お父さん。レコードショップってどこにある？」

「うーんと、しばらく行ってないけど、たしかK駅の駅ビルに入ってるな。どうして？」

「ちょっと見てみたいな、と思って」

「じゃ週末、久しぶりにいっしょに出かけるかあ。日曜日は個人のお客さんに、リフォームのプレゼンがあるんだけど、土曜日ならいいぞ」

お父さんは嬉しそうに目を細めると、コーヒーカップに口をつけた。

「土曜日、いいよ」

優希は、三枚目のホットケーキをほおばりながら、即答《そくとう》した。

寝る前にスマホをチェックすると、瞳子たちとのメッセージグループに、何件かメッセージが入っていた。

——今度の土曜日、体育祭用に、おそろいのヘアアクセサリー買いに行かない？

——黄色のだよね
——そうそう
——おお、いいね！

——優希もだいじょうぶだよね？


そこで、会話は切れていた。

土曜日は、お父さんと出かける約束をしてしまった。もともと予定していたいちごパフェもなくなったし、瞳子たちとの予定はなくなったと思いこんでいた。でも、そうではなかったらしい。

椿中《つばきちゅう》では、理不尽《りふじん》な校則があったときでも、体育祭と文化祭のときは、少し羽目を外してよいことになっていた。今年はどんな様子になるのか、予想もつかない。

去年、中一のときは、勝手が分からなかったが、二、三年生の目立つ系の女子たちは、クラスカラーのヘアアクセサリーをつけていた。部活でデザインをそろえて、色だけクラスカラーに分けている女子たちもいた。

それは縄張《なわば》りのような、グループの象徴《しょうちょう》のような、目立つ方のグループに入っているというアピールのような、優希にとってはありがたくも面倒《めんどう》なものだった。

かといって、瞳子たちがテニス部でそろえてしまったら、寂《さび》しい思いもしたことだろう。だとしても、優希は全く気が進まなかった。

「おそろい」のヘアアクセサリーに、心がいっこうに弾《はず》んでこない。お父さんとレコードショップに行く方が、よっぽどうきうきする。

予定が入った、と断ろうとしたが、思いとどまった。いつかのときのように「何の？」と聞かれるのは嫌《いや》だった。

小六のころだったと思う。友だちに誘《さそ》われたとき、お母さんのお墓参りに行く予定だったが、そう言いたくなかった。それで、「お父さんと出かける」とだけ言って断った。

すると周りの友だちに、なぜか羨ましがられた。

「優希のお父さんは若々しいし、おしゃれだからいいな」

「お父さんと出かけるなんて、うちじゃありえない」

「友だち親子だよね」

そんな風に返された。優希が父子家庭《ふしかてい》だということを知っていて、そういう風に持ち上げるのは、優希を慮《おもんぱか》ってのことかも知れない。

でも、自分の中では釈然《しゃくぜん》としない思いが広がった。表面的なことだけをさらって、お父さんとのことを言われたくなかった。

断り方にも気をつかうし、そもそも今回瞳子たちの誘いを断ったら、きっと溝《みぞ》が出来てしまう。一回きりのお出かけではないのだ。

体育祭にもつながる、そのための買い物なのだ。「おそろい」から外れることは、リスクが高すぎやしないだろうか。

優希は天井《てんじょう》に向けて、口から息を吐《は》き切った。

ベッドから抜け出して、リビングに向かった。

「お父さん、土曜日、友だちから体育祭の買い物に行こうって、誘われちゃった。レコードショップ、また今度でもいい？」

お父さんは、頭をビクッとさせた。テレビを見ながら、ハイボールを飲んでいたようだが、どうやらまた、うたた寝をしていたようだ。

「ああ、うん。全然構わないよ。お父さんとはいつでも行けるよ。友だちと行っておいで」

お父さんは、頬《ほお》を緩《ゆる》ませた。

お父さんはいつだって、優希が友だちと遊ぶのが嬉しいらしい。おぼつかない足取りで、そのまま財布《さいふ》を取りにいくと、機嫌《きげん》良くお小遣《こづか》いをわたしてくれた。

もう一度ベッドに入っても、眠気はなかなか、たぐり寄せられなかった。

——三十五通りの心

愛の姿がまぶたの裏にちらつく。

ギフテッドを羨ましいと思ってしまったが、それだけじゃない、という誠の考え。

優希は、瞳子たちといるだけで、こんなに神経をつかう。

だとすると、出る杭《くい》は打たれてしまう学校で、ずば抜けた才能を持った愛は、一体今までどんな風にやり過ごしてきたのだろう。

6

土曜日、優希《ゆうき》は瞳子《とうこ》たちと四人でショッピングモールを訪《おとず》れた。お目当てのファンシーショップに直行する。

黄色いヘアアクセサリーというと、かなり限定されてしまうが、かえってその方が選びやすく、時間がかからなくていいな、と優希はこっそり思った。

瞳子もまどかも楓《かえで》も、三人とも同じくらいの長さのロングヘアだ。ショートヘアなのは優希だけだ。ヘアアクセサリーといっても、つけ方も限られる。

優希は率先《そっせん》して探す気もなく、三人の後ろからくっついて歩いた。ざっと物色していると、

「これ、めちゃ可愛《かわい》いじゃん」

瞳子が、黄色いボリューム感のあるリボンがついたヘアゴムを手にした。店内の鏡を見ながら、髪《かみ》に当ててみる。

「ほんとだー、可愛い」

「値段も手ごろだし」

まどかと楓も賛成する。何も発言しなかった優希に、ふと視線が集まる。

「あ、いいと思う」

優希は値段の方だけ見て賛成した。お父さんからもらったお小遣《こづか》いから、これなら十分おつりが出る。このあいだはあれから、お父さんに申告《しんこく》して生理用品を買ったが、予備用に今日買い足しておく手もある。

「じゃ、決まり〜」

瞳子は即決《そっけつ》して黄色いリボンをひとつ取ると、レジに向かった。まどかも続いた。楓は隣《となり》にあった黄色いシュシュをいじっていたが、すぐに同じリボンをつかんで、瞳子を追った。優希は最後に並ぶ。

会計をすませると、早速試《さっそくため》してみようということになり、いつも空《す》いている三階の隅《すみ》っこのトイレにそのまま向かった。優希はリボンなんて、自分のショートヘアにどうつけたらいいのか、今になって不安になり、足取りが重くなった。

案の定、トイレには誰《だれ》もいなくて、三人は鏡の前を独占《どくせん》した。みんなは示し合わせたように、今日は髪の毛をおろしている。

「やっぱ、ポニーテールだよね」

瞳子は、優希の方を向いてから、両手で自分の髪を束ね上げた。

「はいはい、やってあげるよー」

瞳子はポーチからブラシとゴムを取り出し、

「お願いしまーす」

と、ちょこんと首を傾《かたむ》ける。狙《ねら》っていてもいなくても、瞳子の仕草はやっぱり可愛い。

「ねぇねぇ、もっと高く出来ない？」

低い位置だとリボンが目立たないからと、瞳子のリクエストに応《こた》え、何度かやり直した。まどかと楓は自分たちで、奮闘《ふんとう》している。

「うん、完璧《かんぺき》。じゃあ、買ったリボン、つけてみて」

瞳子はタグを引きちぎって、優希にわたした。

高い位置のポニーテールに、大きめの黄色いリボンをつけた三人が、鏡の前に並んだ。三人組のアイドルさながらである。

優希だけがまだ何もしないでいる。密閉された空間が、急に息苦しくなった。

「なかなか、いいねー。うちら、目立つよね」

楓が声を弾《はず》ませると、瞳子は、

「でもポニーテールだと、後ろからしか見えなくて、なんか残念」

と首をかしげた。

「そうだ、もう一個買い足して、ツインテールにしちゃう？」

まどかが手を打った。

「それ、ナイスじゃん」

瞳子が人差し指を立てたとき、所在《しょざい》なげに立っている優希に、初めて視線を留めた。

「あ……優希はどうする？」

「う……ん」

うつむいてしまう。

「柔道《じゅうどう》の選手みたく、前髪結んで上げちゃうとか」

瞳子は優希の前髪をひょいとつかんだ。笑いをとるつもりじゃなかったと思うが、
まどかと楓が吹《ふ》き出した。

気にしているニキビのあとを見られたくなくて、優希は咄嗟《とっさ》におでこを手で覆《おお》った。

「おでこに『必勝』とか書いたらウケそう」

楓は自分の冗談《じょうだん》に自分で笑いが止まらなくなって、目尻《めじり》に涙《なみだ》までためている。

「ありえんでしょ」

笑いのツボにハマっている楓がおかしくて、瞳子とまどかはもらい泣きならぬもらい笑いをしている。

突然《とつぜん》、耳の奥がキーンとした。

同じ場所に立っているのに、ズームアウトしていくみたいに、瞳子たちの姿がだんだん遠くに引いていく。

「ごめん、ちょっと急用思い出しちゃった」

嘘《うそ》丸出しの言い訳をして、優希は急にトイレを飛び出した。

「え、優希、どうしたの」

「優希、待って」

「ごめん、冗談だよ。気悪くした？」

三人もあわててトイレから出てくる。

「違《ちが》う、ほんと何でもないから」

優希は後ろを振《ふ》り返らずに、すぐ脇《わき》の階段を全速力で駆《か》け下りた。途中《とちゅう》まで追いかけてきた三人の足音は、やがて止まった。

「もー、楓のせいだよ。ウケすぎだって」

「つまんないこと言うからだよ」

「楓はしつこいんだよ」

「まどかだって笑ってたじゃん」

「っていうか、そもそも瞳子が……」

「もう、今そんなこと言っても、しょうがないじゃん」

階段にこだまする三人の声はだんだん遠くなり、やがて聞こえなくなった。


優希は、あてもなく駅の方に出た。このまま家にまっすぐ帰りたくなかった。今さらお父さんと出かける気分でもない。駅のベンチに腰《こし》を下ろした。

天気の良い土曜日の午後とあって、行き交《か》う人たちは、みな楽しそうだ。

さっき、急に飛び出してしまったことを反芻《はんすう》する。

瞳子たちから意地悪されている、という気がしたわけではない。悪ふざけがすぎて、嫌《いや》な気持ちになったのは、確かだ。でも、それが理由じゃない。

瞳子たちみたいに同じ髪型をしたり、おそろいのリボンをつけたりするのとは、自分は違うと思った。漠然《ばくぜん》とした違和感《いわかん》が言葉に変換《へんかん》された。

無理してる。自分は自分を偽《いつわ》っている——と。

そう悟《さと》ってしまったのだ。

これから学校で、どう振る舞《ま》えばよいのだろう。

背中を丸め膝《ひざ》に頬杖《ほおづえ》をつき、行き過ぎる人の流れを、映画のエンドロールを眺《なが》めるみたいに、ぼんやり見ていた。と、目の前にジーパンと茶色いローファーが止まった。

そろそろと顔を上げると、

「やっぱり佐々木《ささき》さんだ。誰かと待ち合わせ？」

誠《まこと》がにっこり笑っていた。

「そういうわけじゃ……」

優希は言葉を濁《にご》した。

「荻野《おぎの》くんは、おでかけ？」

「うん、K駅まで」

歯切れもよく、なんだか誠は、いつになくうきうきしている。

「K駅……。あ、わたしも」

「偶然《ぐうぜん》だね！　じゃ、いっしょに行こうか」

「う、うん」

積極的な誠に戸惑《とまど》いながら、優希は立ち上がってスカートの後ろのしわを伸《の》ばした。

ホームで電車を待つあいだ、弾んだ様子の誠がどこに出かけるのか気になったが、尋《たず》ねるタイミングを逸《いっ》してしまった。

K駅までは電車で十五分くらいだ。さっきはレコードショップのあるK駅と聞いて反応してしまった。

もし、目的を誠に聞いたら、自分も逆に聞き返されてしまいそうだ。ふとレコードショップに行ってみようと思いついたのだが、それを伝えるのは、やはりハードルが高い。誠なら「変わった趣味《しゅみ》」だとか、特段何も思わないだろうが。

電車に乗り込んだ。窓ガラスに映った、つり革《かわ》に並んだ優希たちは、電車の揺《ゆ》れにまかせて同じように揺れている。電車が鉄橋にかかった。いつもの川をわたるのだ。

「あ！」

誠の大声に、優希は驚《おどろ》いて誠に顔を向けた。目の前に座っていた男子高校生も、スマホから目を離《はな》し誠を見上げる。

誠はさっと口もとを手で覆った。肩《かた》を縮こまらせ、首を引っ込めると、男子高校生はスマホに視線を戻《もど》した。

「どうしたの？」

優希は小声で聞いた。

「川原《かわら》に、白い犬が見えた」

優希は目をしばたたかせた。

「え、米倉《よねくら》さんも？」

誠は首をひねった。

「いや、それは分からなかった。一瞬《いっしゅん》だったし」

「白い犬ってよくいるよね」

「だよね……。ごめん、びっくりさせて」

つい、否定的なことを言ってしまった。でも、誠も自分と同じように、愛《あい》のことを気にしていたことがじんわり嬉《うれ》しい。

K駅に着くと誠は、改札へ流れる人波《ひとなみ》に体を持って行かれそうになりながらも、ホームに踏《ふ》ん張った。

「僕は北口に出るけど、佐々木さんは？」

「わたしは駅ビル」

「じゃあ、ここでだね。また来週」

誠はひとつうなずくと、くるりと向きを変え、颯爽《さっそう》と歩き出した。

「あ、荻野くん。待って」

思わず口走っていた。呼び止めたのに、次の言葉が出ない。誠は首をかしげて、ゆっくり待っていてくれる。

「あ、スローガン。来週のロングホームルームで、また体育祭のスローガンを決めないといけないし、せっかく偶然会ったから、ちょっと相談しておきたいな、とも思って」

思いつきだったが、確かに相談はしておきたかった。

でも、正直なところは、誠とこのまま別れて、ひとりになりたくなかった。瞳子たちとの距離《きょり》を克明《こくめい》に感じて、孤独《こどく》感がじわじわと高まっていたのだ。

「そうだね。さすがに佐々木さんは考えが深いな」

と感心しつつ、誠は腕時計《うでどけい》に目をやった。

「あ、ごめん。予定があるよね。別に相談は、今日じゃなくてもいいもんね。明後日《あさって》の放課後にしよう」

優希が早口で言うと、誠はすっと息を吸い込んだ。

「僕、これからK会館でやっている『こけし展覧会』に行くんだ」

カミングアウトするみたいに、意を決したような口ぶりだった。

「え？　こけしって、あの木で出来た置物のこけし？」

優希はぱちぱち瞬《まばた》きをした。

「そう、あのこけし。展覧会は四時までだから、先にそれを見てきてもいいかな」

「荻野くん、こけしが好きなの？」

優希はまだ、ぱちぱちが止まらない。

「うん。こけしオタク。珍《めずら》しいでしょ」

誠は、はにかむように少しうつむいた。

「まあ。そう、かな」

「いくらオタクが地位を勝ち得てきたとはいっても、やっぱりそれってアニメとかゲームとかのオタクだよね」

「かもね」

優希は家にある数々のレコードを思い浮《う》かべた。

「こけしが趣味なんてなかなか言えなくて。あ、そもそも誰にも聞かれてないか」

誠は肩をすくめて続けた。

「佐々木さんも用事をすませて、あとで待ち合わせとか出来たりすると好都合だけど、そんなうまくはいかないかな」

今日の誠は、学校での誠とは別人のように、言葉がすらすらと流れる。好きなものを語ると人は変わる。

「わたしの用事は、時間関係ないから全然構わないの。それより、その『こけし展覧会』に、わたしもいっしょに行ってもいい？　わたしも見てみたい」

誠の目がぱっと輝《かがや》いた。頬《ほお》にほんのり赤みがさした。

「もちろんだよ！」

K会館への道すがら、誠はいかにこけしが愛くるしいか、さらに饒舌《じょうぜつ》に語った。

「どうしてこけしにハマったの？　きっかけとか、あるの？」

優希が尋ねると、

「もとは、秋田出身の母親の実家に、たくさんこけしが飾《かざ》られていたんだよね。こけしって古くさいとか、まあそんなに明るいイメージはないと思うんだけど。僕はなぜか惹《ひ》かれてしまってね」

誠が鼻の頭をかいた。

「どこに惹かれたの？」

「うーん。それが謎《なぞ》なんだよ。うまく説明出来ないんだよね。とにかく、いいなって思ったんだ。美味《おい》しいごはんを食べたり、好きな音楽を聴《き》いたり、続きがどんどん読みたくなるような本を読んだり……、そんなとき、心があたたかくなって、いいなって思うでしょ？」

「うんうん」

「そんな風に、こけしを見たり触《ふ》れたりしていると、いいなって思うんだ」

「分かる気がする」

優希はお気に入りの音楽を聴いているときのことを思い出した。話していると、あっという間にK会館の前に着いた。

「そうだ、佐々木さんに、見せたいものがある」

両手をぱんと合わせた。

「わたしに？　見せたいもの？」

「うん。展示されてるかなぁ、木地山系《きじやま》の……」

「木地山系？」

「ああ、こけしって東北各地の山間部にある温泉地を中心に、作られてきたんだけどね。土地ごとに様式があるんだ。秋田の木地山系とか、宮城の鳴子《なるこ》系とか、青森の津軽《つがる》系とか、他《ほか》にもいろいろ」

「へぇ、初めて知った。それで、見せたいものって？」

誠は一瞬口をつぐむと、

「まずは行こう」

と、ずんずん歩を進めた。

会場に入って、びっくりした。マイナーな展覧会だろうと、内心たかをくくっていた。それが、会場は大盛況《だいせいきょう》で、数々のこけしが様式ごとに美しくディスプレイされ、足を踏み入れただけで、気分が華《はな》やいだ。

出入り口近辺には、従来のこけしの印象を払拭《ふっしょく》するような、カラフルでモダンなこけしが展示されている。象やきりんなどのイラストが入っているものもあり、つるつる輝いている。一瞬で目を奪《うば》われた。

「可愛い。これもこけしなの」

優希は思わず声をもらした。

「津軽の作家さんのだね。こういう新しいタイプので、もっとこけし人気が高まるといいんだけどな。こけし全体の認知《にんち》度を上げたいんだよね」

誠は、こけしのPR大使のような口ぶりだった。

「佐々木さん、ゆっくり見てて。僕もちょっと、いろいろ回ってくるから」

「わたしに遠慮《えんりょ》しないでね。見終わったら、あそこのベンチのところで、座って待ってるから」

優希は会場を出たところにあるベンチを指差した。

「了解《りょうかい》」

誠はすぐに会場の奥へと進んだ。いっしょに回らなくていいのも、心地《ここち》よかった。

おたがいにマイペースでいられる。聞きたいことがあれば、あとで誠に尋ねればいいのだ。

わたしに「見せたいもの」が気になったが、気長に待とう。

様式ごとに、顔のつくりや表情が違うのが興味深かった。笑顔のものもあれば、そうでないものもある。それぞれに味があり、魂《たましい》が宿っているかのような気がしてきた。

うちにはこけしが無かったし、ましてやこけしをじっくり見比べるのは、初めてのことだった。もし、今日誠にばったり会わなかったら、優希は一生こけしの前を、素《す》通《どお》りしていたことだろう。

自分の全く知らない分野を垣間見《かいまみ》るのは、楽しかった。こけしを熱く語る誠も全くもって意外で、学校での顔とは違う。その生き生きぶりに、こちらまで気持ちが明るくなる。

息苦しい空間に空いた小さな穴から、新鮮《しんせん》な空気が流れ込んできたみたいだった。

ひと通り見終えて、ベンチに腰を下ろした。すると、すぐに誠が、

「佐々木さん、来て来て」

と、息せき切って舞い戻ってきた。

「う、うん」

「見せたいもの」かとあわてて立ち上がり、早足の誠のあとを追う。木地山系のコーナーだ。さっきも見たけれど、特別気になることはなかった。

「ほら、これ見て。この一番奥のこけし」

誠は一体のこけしに向けて、手のひらを差し出した。こけしの顔に吸い寄せられる。このこけし、どこか特別かなあ。あれ？　なんか懐《なつ》かしいような……。

「どこかで見たような……」

おかっぱの髪の毛。線で描《えが》いたすらっとした細い目。

「でしょ？」

誠の目に、いたずらっ子のような色が浮かんだ。笑顔寸前で、今か今かと優希の答えを待っている。

つんとすましたような、その奥に笑みが隠《かく》されているような、なんとも味のある表情。平面の顔が立体になって浮き上がった。

「あ、米倉さんだ！」

誠は嬉しそうに手を打って、人差し指をつき立てた。

「やっぱり、そう思うよね。うちの玄関《げんかん》にも、これと似たこけしが飾ってあるんだ」

優希がうんうん、うなずく。

「僕、こないだ、米倉さんが教室に現れたとき、あっ、て思った。でも、こけしに似てるなんて言われても嬉しくないよね。僕にとっては、ほめ言葉なんだけどね」

「こけしの実物見たら、愛嬌《あいきょう》があって可愛いけどね。そっか、それで、保健室に来ようとしたとき、そっくり、って言ってたんだ」

「そうそう」

優希は愛に似たこけしの写真を、撮《と》らせてもらった。

誠は係の人に一礼すると、

「僕はたっぷり堪能《たんのう》したから、もういいよ。佐々木さんの用事のあいだ、どこかで待っているから」

と、出口に歩き出した。優希もあとに続く。

外に出ると、優希はちょっと息を吸い込んでから、思い切って一気に言ってみた。

「わたしね、駅ビルのレコードショップに、行ってみるつもりだったんだけど、よかったらいっしょにどうかな。わたしもお店に行くのは、初めてなんだけどね」

「レコードショップ？　うわぁ、行ったことない。いいの？　行ってみたい」

誠の肩が数センチ上がった。

肩を並べて駅ビルに向かって歩いているとき、古いレコードが好きな話を打ち明けた。

「へぇー。僕もレコード、聴いてみたいなあ」

誠は素直《すなお》に返してくれる。優希も嬉しくなって、好きなアルバムからアーティスト、楽曲の話まで、口が止まらない。

駅ビルの七階にその店はあった。ＣＤコーナーを抜《ぬ》けると、ＬＰレコードのコーナーがあった。店の半分くらいを占《し》めていて、結構な広さだ。優希は誠をおいて、先に駆け寄ってしまった。今日は買わないけれど、見ているだけで心が躍《おど》ってくる。

ふと誠を捜《さが》すと、視聴《しちょう》コーナーでヘッドフォンを耳にあてて、早速何か聴いているようだ。音が大きすぎたのか、急に背中を反らせて跳《は》ね上がっている。

優希はお母さんが好きだった、あのアルバムが置いてあるか、探してみようと思った。レコードはアーティスト名のアルファベット順に並べられている。

お目当てのロックバンドは、タグにちゃんとバンド名が書かれてカテゴライズされていて、さらに気分が上がった。一枚ずつ順番にジャケットを確認していく。

「あった」

うちにあるのと同じLPレコードを見つけた。引っ張り出して、あらためてジャケットをうっとりと眺める。頬ずりしたいほどだ。

「それが、佐々木さんの推《お》しのバンド？」

誠が後ろから、ひょっこり首を伸ばしてきた。

「うん。お母さんもお気に入りのアルバムなんだ……」

「へえ、佐々木さんのお母さん、カッコイイね」

誠が驚いたような声を上げる。

優希はアルバムに目を落としたまま、

「お母さん、もういないんだけどね」

つぶやいた。中学になってからの知り合いに、自分からお母さんのことを話すのは、初めてだった。どうしてそんな言葉が出たのか、自分でも不思議だった。

右肩のあたりで、ハッとする気配を感じる。

「四年前に病気で亡《な》くなったの」

誠に質問の気遣《きづか》いをさせないために、自分から言った。

「そうなんだ」

可哀想《かわいそう》がるでも同情するでもなく、誠が普通《ふつう》の話みたいに流してくれたので、優希はみじめにならずにすんだ。

お母さんのことを話さなくてはいけないときには、心臓がばくばくしたり、胸が苦しくなったりする。そしてその反応に、いちいちナーバスになってしまう。なのに、どうしたわけか、今は心が騒《さわ》ぎ出さない。

優希は笑顔で振り向いた。

「そろそろ、帰ろっか」

「そだね」

最寄《もよ》り駅からの帰り道、川原を歩いて帰ることにした。静かな川面《かわも》の背景には、橙色《だいだいいろ》の夕焼けが広がっている。

誠が、あのアルバムにはどんな曲が入っているのか、唐突《とうとつ》に聞いてきた。

「ジャケット、カッコ良かったから」

誠があわてたようにつけ足す。お母さんのことを知った上で、自然に寄り添《そ》ってくれる誠がありがたかった。

　優希は、

「一番の推しはね、こんな感じ」

　と前置きしてから、お父さんと歌ったサビの部分を歌ってみた。恥《は》ずかしさは感じなかった。軽快なメロディーが、風に乗る。

　誠がびっくりしたように、歩行中の片足を宙に浮かせて、いったん停止した。

「佐々木さん、めちゃくちゃ英語の発音いいんだね。ネイティブみたい」

　優希はしまった、と心の中で舌を出した。その表情を勘違《かんちが》いしたのか、

「あ、ごめん。余計なこと言って。曲と関係ないね」

　誠はずれていない眼鏡のつるをいじった。どうやら誠は、授業中に音読した、優希のカタカナ英語のことは忘れているらしい。

「曲、いい感じだね。音楽好きなら、吹奏楽部《すいそうがく》に入るとかは考えなかったの？」

　と、誠は続けた。

「んー。吹奏楽部か。ちょっと考えなかったかな。お金かかりそうだしね」

　最後につけ足したひとことに、誠がリアクションする前に、優希は質問で返した。

「荻野くんこそ、何か部活は考えなかったの？」

「僕？　僕は運動も全然だし、音楽も美術もセンスないし、何より部活で、こけしより夢中になれそうなものがなかったから」

「なるほど。で、生徒会？」

「そう、校則だから。生徒会では、ちっとも役に立てなくて……」

誠の声は、だんだん弱々しくなっていった。とたんにいつもの誠になってしまう。

「あっ、そうだ。スローガンの相談、すっかり忘れてた」

優希が頭に手を置くと、誠もリプレイみたいに、頭に手を置いた。

「僕もだ」

ふたりで、ぷっと吹き出した。

月曜日の放課後、相談する約束をすると、分かれ道にきた。

「会えなかったね」

優希が主語を言わなくても、誠には通じている。

「そうだね」

誠は残念そうに、つま先に目線を落とした。

「じゃ、また来週」

誠と別れ、しばらくすると、優希は立ち止まった。

誠と出かけているあいだも、バッグの中でスマホが振動《しんどう》するのを何度か感じた。そのたびに気付かなかったと言い聞かせ、心から無理矢理《むりやり》追い出した。

今ひとりになって、意を決してスマホを取り出した。予想通り瞳子たちからのメッセージや通話の着信通知が、ずらりと並んでいた。

未読のままスルーするのは、問題を先送りしていることに過ぎない。仕方なくメッセージを開くと、謝罪や心配の文言《もんごん》が並んでいた。

——優希、マジごめん
——優希がキレるの、はじめて見た。ありゃ怒《おこ》るわな
——けど、楓も反省してるから
——優希、マジごめん
——優希、もう帰った？　だいじょうぶ？
——うちら、もう帰るけど

いきなり飛び出したあげく、三人のことをほったらかして、偶然出会った誠と楽しい時間を過ごしてしまった。良心がじくじく痛んだ。

スマホを握《にぎ》りしめる。どう返せばよいのか、分からない。

遠くに目をやると、橙色だった空が群青《ぐんじょう》がかった色に浸食《しんしょく》され、少しずつ暗さを増していった。陽《ひ》の名残《なごり》が消えていく。

「おそろいは嫌だった」と書く勇気が、優希にはなかった。でも、このままにもしておけない。

返信がこないことで、きっと三人のあいだで、メッセージがかわされているんだろうな、と想像する。

そもそも、自分をのぞいた三人だけのメッセージグループって……あるんだろうな。最初からあったりして。

思いつきそうで、思いつかなかったことだった。冷たい水が歯にしみるみたいに、胸にきんと痛みが走った。無理してる、自分で自分を偽っている、と悟ったばかりなのに、それとは裏腹な寂《さび》しさに、自分の気持ちがよくつかめない。

——怒ってないよ。心配させてごめん

優希は何とか、それだけ返信することが出来た。スマホをバッグの底に落とすと、紙袋《かみぶくろ》に当たってばさりと音がした。

紙袋を取り出した。おそろいで買った、黄色いリボンだった。袋から出してみた。手のひらにのせる。どうしたって、自分がこれをつける姿を想像できない。

不意打ちのような涙で、リボンの色がにじんだ。慎重《しんちょう》に瞬きを繰《く》り返して、落ちてきそうな涙を引っ込める。

そのとき、突風《とっぷう》が吹いた。

あ……。

意地悪な風は、手のひらのリボンをやすやすとさらった。リボンは夕闇《ゆうやみ》に舞う蝶《ちょう》のように舞い上がった。磁石で張り付けたみたいに、足は一歩も地面から離れなかった。リボンは上がったり下がったりしながら、まだ空を舞っていた。

「リボンだっ」

後ろから小さな女の子が、優希を追い抜いて一目散《いちもくさん》に駆け出した。

「さっちゃん、走ったら危ないよ」

お母さんらしき人の声が聞こえる。優希は我《われ》に返って、女の子のあとを追いかけた。

リボンは十メートルくらい先の遊歩道の脇に落ちた。女の子はしゃがんで拾ってくれた。優希が追いつくと、

「これ、お姉ちゃんの？」

と、小さなこぶしからこぼれるほどのリボンを、グーのまま差し出した。

「うん、そう。拾ってくれてありがとう」

女の子はそっとこぶしを開くと、吸い寄せられるようにリボンに顔を近づけた。

「かわいい」

女の子の瞳《ひとみ》が輝いた。その瞳につられて、言葉が口をついて出た。

「拾ってくれたお礼に、そのリボン、あげるよ」

「え、本当⁉」

飛び上がらんばかりに、肩がぴょんと跳ねた。

「だめだめ、さっちゃん。これはお姉さんのでしょ」

追いついてきたお母さんが、大きく首を振った。

「だって、」

女の子が名残惜《お》しそうに唇《くちびる》を突《つ》き出す。

「いいえ、本当にいいんです。安物なんです。買っちゃったけど、やっぱり後悔《こうかい》してて。どうしようかと困っていたんです」

お母さんと優希のあいだに、顔を往復させていた女の子が、

「お姉ちゃん、もらってもいいの？」

上目づかいで優希を見上げた。よっぽど気に入ったらしい。

「うん」

優希はきっぱり言った。

「でも……」

お母さんの顔からは、まだ困惑《こんわく》の色が消えない。

「ほんと、気に入った人に使ってもらった方が、リボンも喜びます。わたしもありがたいんです」

優希は強引《ごういん》にたたみかけ、深々とお辞儀《じぎ》した。

「じゃあ、ありがたく……」
まだ歯切れの悪いお母さんの言葉に、
「ありがとう！」
という元気な女の子の声が重なった。優希がもう一度会釈《えしゃく》して、立ち去ると、
「さっちゃん、お母さんがいないときに、知らない人から、何かもらったらダメだよ」
背中にお母さんの声が聞こえた。
それを聞いて、そういう意味では、女の子のお母さんに申し訳ないことをしたとい
う気持ちがわいた。浅はかな行動だったかも知れない。お小遣いをくれたお父さんに
も、申し訳なかった。
瞳子たちとの「おそろい」から外れてしまったことに、不安がないと言えば嘘にな
る。清々した気分とはほど遠い。
でも、荷物をひとつおろしたような、心が少し軽くなったような気がする。気のせ
いだろうか。
白くて細い月が、闇を待ちきれずに、もう空にうっすら浮かんでいた。

7

月曜日の朝、優希《ゆうき》はいつも通り、瞳子《とうこ》との待ち合わせ場所に向かった。

足取りは重かった。リボンは女の子にあげてしまった。どんな顔をして会えばいいのか、何もなかったように振《ふ》る舞《ま》えばいいのか、振る舞うことは出来るのか、どれも微妙《びみょう》だ。

校門に続く道を待ち合わせの脇道《わきみち》にそれたとたん、目を見張った。いつもは必ず優希の方が先に着いているのに、瞳子だけでなく、楓《かえで》もまどかも待っていた。

「優希～」

「来てくれないんじゃないかと、心配したよ」

楓がいきなり抱《だ》きついてきた。まどかも背中をぽんぽんたたく。

「だから言ったじゃん。優希は絶対来るって」

瞳子の口調は、当然でしょというトーンだったが、顔に表れたホッとした表情は、隠《かく》しきれていなかった。

「お、はよう。今日は早いね」

優希は、嬉《うれ》しいのか困っているのか、感情がまぜこぜになって、自分でもよく分からなかった。

いつもの癖《くせ》で、反射的に笑顔《えがお》を作っていた。三人はさっと並んで立つと、

「土曜日はごめんなさい」

と、声を合わせてぺこりと頭《こうべ》をたれた。

「やめてよ。わたしこそ心配かけちゃって、ほんとごめん」

優希はあわてふためき、腰《こし》のところで両手を左右にせわしなく振った。

「優希がショートヘアなのに、三人でリボンで盛り上がっちゃって、悪かったなって。わたしたち反省したんだ」

瞳子が優希をまっすぐ見る。「わたしたち」という言葉が、少しだけ耳をひっかいていく。楓が、

「でね、あれから三人で、ショートヘアの可愛《かわい》いリボンのつけ方を、サイトとかでいろいろ調べたんだ」

と言うと、

「わりといいのがあってさ。スマホに送ろうかと思ったけど、優希に会ってからにしようってことになって」

と、まどかがあとを引き取った。

「今朝、優希の顔見て安心したよ。家に帰ったら写真送るから」

最後は瞳子が締《し》めた。固まった表情をほぐすように、優希は口を動かした。

「あ……りがと」

「体育祭のあとさ、みんなでおそろいのリボンつけて、動画も撮《と》ろうよ」

楓が嬉しそうに体を揺《ゆ》らした。

「あっ、早くしないと、遅刻《ちこく》しちゃう。編み込みやっちゃお」

優希は三人の目線から逃《のが》れるように、瞳子の後ろにさっと回った。動揺《どうよう》が指先に伝わって、いつものようにスムーズに編めない。瞳子の髪《かみ》をときどき引っ張ってしまったのに、今日は何も文句を言われなかった。

相変わらず北側《きたがわ》先生が構えている校門を、四人でくぐり抜《ぬ》けながら、みんな、いい子たちなんだ、と優希は思った。

なのに、一度意識してしまったひっかかりは、どうしても消えてくれなかった。つばを飲み込むたびにつっかえる、喉《のど》の奥に刺《さ》さった魚の小骨みたいに。

放課後になり、優希と誠《まこと》は教室に残った。音の消えたふたりだけの教室は、温度が二、三度下がってしまったように、妙にすうすうした。一日中、頭の片隅《かたすみ》にひっかかっていたリボンのことが、急に頭の真ん中に躍《おど》り出る。

もう一度同じリボン、こっそり買いに行くことになるのかな……。

肩《かた》でため息をつくと、

「佐々木《ささき》さん。ここでいい？」

窓際《まどぎわ》にいた誠が、自分の机と前の机を合わせ始めた。週末ふたりで出かけたことで、誠は以前より打ち解けたような感じだった。優希は我《われ》に返り、

「う、うん」

すぐに手伝いに走った。

向かいあって席に着くと、グラウンドから野球部のかけ声が聞こえてきた。

窓の方を向くと、野球部員たちがランニングを始めるのが見えた。全員の足並みが

揃《そろ》って、ザッザッという砂を蹴《け》る規則的な音がする。

「あれだけだって、僕には絶対出来ないだろうな」

誠も同じように外を見ていた。

「なんかすごいね。一糸乱れぬ感じで」

「僕なんか、足を合わせられなくて、間違《まちが》いなく迷惑《めいわく》かけるだろうなあ」

「そもそも荻野《おぎの》くん、野球部入らないでしょ」

「だね」

グラウンドの右手のテニスコートには、躍動《やくどう》している人影《ひとかげ》が見える。あの中に、瞳子たちもいるのだろう。ポーン、ポーンというテニスボールを打ち合う弾《はず》むような音が、風に乗って届いた。

少しすると、四階の音楽室からトランペットやクラリネットなどの調音する響《ひび》きがまざりあって、舞い降りてきた。

「みんな、部活、一生懸命頑張《いっしょうけんめいがんば》ってるね」

優希は、ひとりごとのようにつぶやいた。活気のある音に囲まれ、部活に入っていない自分たちを、どうしてもマイノリティで心細い存在に感じてしまう。

「佐々木さんは、本当は部活やりたかったの？」

全く共感していそうにない誠が、首を少し傾《かたむ》けた。

「どうだろう」

部活はお金がかかりそうだから、最初からやるつもりはなかったけれど、その心配がなかったら、入っていただろうか。

「荻野くんみたいに、それほど心惹《こころひ》かれる部活がなかったというのは、同じかな。でもやっぱり、部活に打ち込んでるのって、充実《じゅうじつ》してそうだし、中学生らしいっていうか」

「うーん。中学生らしいとかって、考えたことなかったなあ」

誠が天井《てんじょう》を見上げた。

――中学生らしい
自然と口から出てきた自分の言葉に、唖然《あぜん》とした。

「部活に打ち込んでいるのが、中学生らしい」なんて、おとなが考える中学生像を、知らず知らずのうちに刷り込まれている。

ぞわりとして両肘《りょうひじ》を抱《かか》え込んだ。

気を取り直し、本題に入りましょうとばかりに、優希はノートを開いた。

「ごめんね、余計な話をして」

すると、まだ天井をにらんでいた誠が、正面にゆっくり顔を戻《もど》した。

「僕はさておき、佐々木さんは生徒会で、重要な役割を果たしている。それに、レコードが大好きという趣味《しゅみ》もあって、勉強も頑張れる。充実しまくりだよ」

「……」

「英語の歌もうまかったから、高校行ったらバンドとかやってみれば」

誠の熱心なフォローぶりに、おかしさがこみ上げた。

「僕、なんか変なこと言っちゃった？」

「ううん、全然。なんか、ありがと。それより、荻野くんって、そんなに喋《しゃべ》る人だったんだね。今まで口べただと思ってた」

照れをごまかすように優希が言うと、

「たくさんの人の前では、ダメダメだけどね」

誠は肩をひょいと上げた。

明日のロングホームルームのスローガン決めのことに話を移したが、ふたりともこれといったアイディアは出なかった。すぐに沈黙《ちんもく》がおとずれる。

「わたし、『必勝』も『心ひとつに』も、実はあんまりピンときてなくて」

優希は頬杖《ほおづえ》をついた。

「『必勝』なんて、僕ヤバすぎる。あー、明日はロングホームルームの前に、体育があるんだった。また全員リレーの練習だったら、どうしよう」

机に突《つ》っ伏《ぷ》す誠を、優希は心配そうに見やった。

このあいだ転んだことが、よっぽどトラウマになっているのだろう。その恐怖《きょうふ》心が痛いくらいに伝わってくる。

練習だけでこんな調子なら、本番はどうなってしまうのだろう。

「実はね。わたし、米倉《よねくら》さんが言った『三十五通りの心』という言葉が、妙に刺さっちゃったんだ」

誠がガバッと顔を上げた。

「僕も」

「米倉さんと、話がしてみたいよね……」

優希は机の隅っこに目線を流した。誠は名案を思いついたように、両手でバンと机をたたいた。

「米倉さんに、会いに行こうよ」

「え？　会いに？　どうやって？　家知ってるの？」

矢継《やつ》ぎ早《ばや》に質問を連発する優希に、誠は首を横にぷるぷる振った。内心がっかりしたのを悟《さと》られないように、瞬《まばた》きをした。

誠は両手を机についたまま、考えをひねり出すように、きゅっと目を閉じた。

「辛島《からしま》先生、住所教えてくれないかな」

今度は、優希が天井を仰《あお》ぐ。今は個人情報とかいろいろ厳しいから、果たして先生が教えてくれるものか疑問だったが、否定的なことばかり言っても仕方がない。

優希たちは学級委員でもあるし、愛《あい》のことを心配しているのも確かだし、辛島先生なら相談する価値はある。

「ダメもとで、辛島先生のところ行ってみよ」

優希は勢いよく立ち上がった。

職員室の前までは、誠の足取りも力強かったのに、いざドアの前に立つと、いつもの教卓《きょうたく》でのポジションのように、誠は優希の斜《なな》め後ろに控《ひか》えている。

仕方なく優希は自分がノックして、失礼します、とドアを開けた。部活に顔を出している先生も多いのか、職員室は閑散《かんさん》としていた。ざっと見わたしたところ、辛島先生の姿は見えない。近くの先生が振り向いてくれたので、

「辛島先生は、いらっしゃいますか」

と尋《たず》ねると、

「辛島先生、今日は外で会議なので戻らないよ。何か伝えようか？」

と返されてしまった。優希は斜め後ろを振り向いて、誠に目くばせをする。同じ考えだったようで、同時に首を振った。

先生に伝言の辞退をすると、ふたりは教室に戻らず、そのまま学校をあとにした。教室で考えていても、行き詰《づ》まってしまうのは目に見えている。愛に会える可能性にもかけて、川原《かわら》に行くことにしたのだ。

土手を上がると、今日も爽《さわ》やかな風が吹《ふ》いていた。

「ここ、本当に気持ちいいね。今までどうして来なかったんだろ」

優希は肩甲骨《けんこうこつ》を寄せて大きく息を吸った。誠も万歳《ばんざい》して伸《の》びをしている。川の流れ

はゆっくりで、川面《かわも》に反射する光の粒《つぶ》が、今日もきらきらとまばゆい。

「あ、お姉ちゃんだ！」

後ろの方で幼い女の子の声がしたが、自分に向けられているとは思わなかった。近づいてくる足音に振り向いた誠が、

「佐々木さんの知り合いじゃない？」

と、教えてくれた。

「え？」

驚《おどろ》いて振り向くと、黄色い幼稚園《ようちえん》バッグをたすきがけにした女の子が、優希の前でつんのめりながら急ブレーキをかけた。

「見て見て。じゃーん」

女の子が後ろを振り向くと、このあいだあげた黄色いリボンが、頭の上の方に飾《かざ》られている。

「うわー。可愛いね。すごく似合ってるよ。バッグとも色がおそろいだね」

優希が両手を合わせると、追いついてきたお母さんが、

「先日はありがとうございました。もうすごい気に入っちゃって、家の中でもずっと

つけてます。もっと髪を伸ばしてポニーテールにして、つけたいらしいです」

恐縮《きょうしゅく》したように、首をすくめて微笑《ほほえ》んだ。

「良かったです」

女の子とお母さんが立ち去ると、やっぱりあのリボンは、わたしの髪ではなくて、女の子の髪のところにいけて幸せだった、と優希は思った。

勇気がいるけれど、関係が壊《こわ》れてしまわないか、恐怖しかないけれど、やっぱりリボンはもう買わない——。

思いがくっきりと形になった。

「あっ、佐々木さん、あ、あれっ」

誠が興奮したように、川の向こう岸の土手に向かって、ぴょんと腕《うで》を伸ばした。その先には、大きな白い犬が土手を闊歩《かっぽ》している。リードを長くしているのか、土手の向こう側にいるだろう飼い主の姿は、まだ見えない。

ふたりは同時に顔を見合わせた。

「とにかく行ってみよう」

誠が言い終わらないうちに、向こう岸へわたる橋に向かって、優希は駆《か》け出した。

後ろから誠も追いかけてくる。

橋の上は風が強くて、耳のそばでごうごうと音を立てた。白い犬は橋の前を通り過ぎていく。白い犬に視線を固定したまま、優希が橋をわたり切る手前で、飼い主が土手にひょっこり姿を現した。

上品な感じの中年のおばさんだった。

優希の足は急に力が入らなくなり、がくっと膝《ひざ》が折れた。倒《たお》れそうになり、あわてて橋の欄干《らんかん》をつかむ。はあはあと息が暴れる。

ぱたぱたというローファーの靴音《くつおと》も、すぐ後ろで止まった。同じく息が荒《あら》い。優希は脱力《だつりょく》したまま誠を振り返り、言葉をこぼした。

「やっぱり、白い犬、よくいるんだね」

「だね」

誠も欄干に両手をついた。

オーバーブラウスにタイトなパンツを合わせた飼い主のおばさんは、伸縮《しんしゅく》するリードをたぐり寄せた。

「もう、ラブちゃん。走っちゃダメでしょ」

リードを短く固定してから、犬をたしなめた。近くで見ると、ゴールデンレトリバーだと分かった。人気の犬種だから、このあたりに何頭かいたって、不思議ではない。おばさんと白い犬は、優希たちの前を、今度はお行儀《ぎょうぎ》良《よ》く並んで通過した。優希と誠はぼんやり白い犬を見送った。

数メートルほど先に行ったとき、突然《とつぜん》誠が前に飛び出した。かと思うと、誠はいきなり、

「米倉さーん」

両手をメガホンにして叫《さけ》んだ。

「ちょ、ちょっと」

優希があっけにとられていると、飼い主のおばさんと白い犬が同時に振り向いた。

誠は今度はいたく自信なげに、

「米倉、さん？」

と語尾《ごび》を上げた。ワン、と白い犬が反応して尻尾《しっぽ》を振った。きょとんとしていたおばさんは、白い犬に引っ張られるがまま、近づいてきた。

嬉しそうにぱたぱたと尻尾を振り続けている白い犬が、後ろ足立ちになった。誠の

胸に飛びかかるすんでのところで、おばさんは、リードを強く引いて制した。

「ごめんなさい。ラブ、ダメ。おすわり」

白い犬はしゅんとして、その場に座った。誠は硬直《こうちょく》させた肩を、少し落とした。白い犬から顔を上げたおばさんは、

「あの……米倉ですけれど」

戸惑《とまど》いの表情を浮《う》かべた。優希はびっくりして、誠の顔をのぞき込んだ。

「あ、えと」

自分で呼んだくせに、誠は言葉を詰まらせている。おばさんは、優希の制服に目を走らせると、

「椿中《つばきちゅう》の生徒さん？」

と、尋ねた。米倉という姓《せい》は他《ほか》の学年にもいるかも知れないけれど、おばさんの目を見て、優希は確信した。おばさんの目は愛の目と同じ、あの木地山《きじやま》系のこけしの目のようにすらっと細かった。

「はい。わたしは佐々木優希といいます。米倉愛さんのクラスメイトです」

優希は軽く頭を下げた。

「ぼ、僕は、荻野、誠です。いきなり、呼び止めて、すみません」

さっきの大声の誠とは別人で、しどろもどろの緊張《きんちょう》モードに入っている。

「愛がいつもお世話になっています。でもどうして、わたしが愛の母だと……？」

優希も同じ質問を、誠に投げかけたかった。いくらなんでも、通り過ぎただけで、愛と目が似ているとは、気付かなかっただろう。

「あの、さっき、ワンちゃんを、ラブちゃんって呼んでいたので……」

優希は内心びっくりした。

ラブ＝愛。自分にはそんなこと、思いつかなかったし、思いついたとしても、いきなり一か八《ばち》か呼んでみるなんていう奇想天外《きそうてんがい》な行動は、出来なかっただろう。

誠には最近、驚かされてばっかりだ。

「わたしたち、以前、愛さんが川原で白い犬と遊んでいるのを、見かけたことがあるんです。だから、実は今日も愛さんに会えないかなって、川原に来たんです」

優希がよどみなく説明すると、

「まあ、そうなの。愛に？」

お母さんの細い目が、見開かれた。

「愛、そのへんにいるはずだから、スマホで呼んでみましょうか」

「もし出来れば……。あ、でも無理しなくても」

優希の言葉は歯切れが悪くなった。クラスでの愛の様子を思うと、愛は自分たちと会いたいとは思わないだろう。

「ええ。いちおう聞いてみますね。いっしょに散歩に出たんだけど、ラブは引っ張るし、愛は自分が気になることがあったら、勝手に立ち止まったり、寄り道しちゃうから」

お母さんはポシェットからスマホを取り出すと、メッセージを送ってくれた。すぐに、

「あ、もう返事がきたわ。こちらに来るって」

お母さんの目元が緩《ゆる》んだ。しばらくすると、

「ラブ」

後ろから愛の声がした。ラブがまた急旋回《きゅうせんかい》した。優希と誠も振り返る。

キャップ帽《ぼう》を目深《まぶか》にかぶった愛と、走り寄ったラブは、抱《だ》き合うようにしてじゃれあった。ラブは愛の頬《ほお》をぺろぺろと舐《な》めている。いつか川原で見かけたときのように、

愛の表情は柔《やわ》らかかった。

愛がラブの顔を一通りくしゃくしゃになで回したあと、立ち上がるのを機に、優希は口を開いた。

「米倉さん、急に呼び出したりして、ごめんね。わたしたち、米倉さんと話がしてみたくて……。あ、わたしは、佐々木——」

優希が名乗り始めると、

「優希さんでしょ。知ってるよ。三組の子の名前、全員言える」

愛が言葉をかぶせた。優希は愛がギフテッドだったことを、思い出した。愛なら名簿《めいぼ》をひと目見ただけで、記憶《きおく》できてしまうのかも知れない。

「うん。覚えていてくれて、嬉しい」

「僕は、佐々木さんと三組の学級委員やってる荻野誠」

誠が自己紹介《しょうかい》すると、

「ラブ。ママとお散歩の続き、行っておいで」

愛はラブの背中をポンとたたいた。お母さんが少し心配そうに、愛の顔をのぞいた。

「ママ。わたし、家の鍵《かぎ》も持ってるから」

愛はお母さんに向かって、だいじょうぶというように、ひとつうなずいた。

お母さんはそれでも少し躊躇《ちゅうちょ》していたが、軽く会釈《えしゃく》すると、ラブを引っ張った。ラブは名残惜《なごりお》しそうに何度も振り返りながら、お母さんに連れられて行った。

三人だけになると、気詰まりな空気が流れた。

「あ、米倉さん。具合はだいじょうぶ？　教室では辛《つら》そうに見えたけど」

優希が口を開いた。

「ああ、今は平気。わたし、ＨＳＣなんだ」

愛がさらりと答えた。

「ＨＳＣ？」

誠が復唱すると、

「ハイリー　センシティブ　チャイルドの略なんだけど、感覚過敏《かびん》みたいな」

感覚過敏。日本語でもよく分からない。優希は、

「ね、立ち話もなんだから、あのベンチに座らない？」

と、少し先にあるベンチを指差した。こちら側の岸にはサイクリングロードが整備されていて、木製のベンチも等間隔《とうかんかく》に置かれている。

「うん、いいよ」

愛は快諾《かいだく》してくれて、三人は愛を真ん中に、ベンチに腰を落ち着けた。

「嫌《いや》じゃなかったら、感覚過敏ってどんな風なのか教えてくれない？」

優希が遠慮《えんりょ》がちに聞くと、愛は口を開いた。

「わたしね、ふつうの人より、聴覚《ちょうかく》と視覚が特に過敏なところがあるの。苦手な音がたくさんあって、学校だったら、例えば、チョークの音とか教室のざわつきとか、机を下げる音とか。ふつうの人が感じる音量より、すごく大きく感じるみたい。視覚でいえば、まぶしいんだよね。黒板が真っ白に見えたりする。ずっと我慢《がまん》してきたんだけどね」

「そうなんだ……」

優希は図書館の自習室でのことや、数学の授業のときのことを思い出した。

「わたし、たぶん一生、コンサートや映画館に行けないと思う」

「え……」

優希と誠は同時に、愛を見た。声も小さく漏《も》れてしまった。音楽も映画も楽しめないなんて、想像したことのない世界だった。

「あ、別に映画館やホールに行かなくたって、家で音量しぼって対応すればいいんだけどね」

　愛は取りつくろうように言った。

「あと、肌触《はだざわ》りとか、人との距離《きょり》が近かったりすると、気になるかな」

　優希と誠はあわてて少しお尻《しり》をずらし、愛との間隔を広げた。

「それじゃあ、学校生活は辛いことが多いよね」

　誠がうなだれる。

「うん、まあ。それに感覚過敏だけじゃなくて、学校はいろいろとね……。授業もつまらないし。椿中には籍《せき》を置いておくけど、必要なとき以外、もうあんまり行かないと思うよ。辛島先生のことは好きなんだけどね」

　思いも寄らぬ愛の辛い状況《じょうきょう》に、優希は奥歯を噛《か》みしめた。そんなことも知らず、愛の才能を妬《ねた》んでしまった。

「学校に来ないとしたら、どこで学ぶの？」

　優希が聞きたいことを、誠が聞いてくれた。

「ママがね、わたしみたいな子が通う、サイエンス特化のフリースクール、探してくれたんだ。もう何回か体験に行ったんだけど、楽しかったから続けるつもり。あとはアメリカの大学のギフテッドプログラムとか、日本のも。でも学校みたいに毎日じゃないから、基本はホームスクールかな」

一度にいろんな情報が入り過ぎて、ついていくのに必死だった。

「ホームスクールって?」

優希が尋ねると、

「家で勉強すること」

「ひとりで? 誰《だれ》かに教わらないの?」

優希の目が点になる。

「うん、基本的には独学。教科書や参考書で勉強している。でも数Ⅲで分からないところがあって……」

「数Ⅲって何だっけ?」

誠が首をかしげて頭をかいた。

「高校三年で習う数学」

誠は手を頭に置いたまま、目を見開いた。

「それで、椿中の数学の先生に質問してみようかと思って、どんな先生なのか、こないだ試《ため》しに授業に出てみたんだ。けど、あの先生、北側先生だっけ？　わたし、苦手だな」

「みんな苦手かも」

愛がこめかみに指を当てた。

優希の言葉に、誠も大きくうなずく。

「ところで、佐々木さんたち、何か話したいことがあったんでしょ？」

優希は姿勢を正した。

「あのね、こないだのロングホームルームで、体育祭のスローガンを決めているときに、米倉さん、三十五通りの心って言ったよね。その言葉、実はすごく刺さったんだよね」

「ああ、うん」

「どうしてそう思ったのか、聞きたくて」

優希は愛の横顔をそっと見た。帽子のつばの影《かげ》になって、表情はよく読み取れない。

愛はくっとあごを上げた。

「学校ってさ、みんな違《ちが》ってみんないい、とかって道徳で教えてるくせに、全然そんなじゃないんだよね。結局、わたしみたいな子は、学校で学ぶことすらかなわない」

「……」

優希はつばを飲み込んだ。

愛はまぶたを閉じると、小学校のころからのことを話し始めた。

◆

小学五年生だった愛は、クラスで変人扱《あつか》いされていた。

「先生、なんで？　どうして三角形の内角の和は百八十度って決まってるの？　誰が決めたの？」

算数の授業のとき、愛は担任のS先生の説明をさえぎり、唐突《とうとつ》に割り込んだ。

S先生は思いっきりうんざりした様子で、ため息をついた。

「米倉さん。誰が決めたとかじゃなくて、これは公式だから、まずは覚えて」

愛はムッとした。

「覚えるなんていいから、理由が知りたい」

実際のところ、愛は写真のように記憶できるから、公式を覚えるのに労力はいらない。

「三角形の内角の和が百八十度になる証明は、中学二年の数学で教わります。だから、今はいいの」

S先生は教卓に両手をつくと、続けた。

「米倉さん、先生の説明が終わるまで、質問は禁止。さっきから何度、口を挟《はさ》めば気がすむの。クラスのみんなが困っているよ」

S先生は諭《さと》すように言った。

中学二年生って何年後？　今、その理由が知りたいのに。

愛は唇《くちびる》を噛みしめた。

授業中、こんな風に突っ込んだ質問をたびたびすることを、迷惑だと思っていたのは、S先生だけではなかったらしい。

「愛ちゃん、静かにして」

S先生の「クラスのみんなが困っている」発言に背中を押され、クラスメイトからも、言われるようになった。

そしてそれをきっかけに、他のことでも、愛に対する風当たりが、だんだん強くなっていった。

愛は書くのが苦手だった。

例えば、きれいに書こうと思うと、日直日誌を書くのに、一時間以上かかった。そのことで、あからさまに馬鹿《ばか》にされた。以前なら、ペアの子が代わりに全部書いたりしてくれたのに、むしろ押しつけられるようになった。

愛の給食に髪の毛が入っていたことが、二回あった。愛のおかずだけに二回も入っていたのに、S先生は特段対処をしなかった。

髪の毛が入ってしまうことは、絶対にないとは言い切れないし、誰かが故意《こい》に入れたという証拠《しょうこ》もない、というのがS先生の理屈《りくつ》だった。

やがて、愛は聞きたいことがあっても、口に出さないように努力するようになった。それはかなりのストレスだった。

そして、宿題をやるのが死ぬほど嫌だった。帰宅後に、ママから宿題をやるように言われると、ずっとごね続けた。

こんなに書くのが嫌《きら》いなのに、宿題は書くことばかりだった。

おきまりのママとの宿題バトルが、毎日のように展開されていたある日、愛が百マス計算のワークブックと漢字練習帳を、壁《かべ》に投げつけた。カレンダーが押しピンごと、ばさりと床《ゆか》に落ちた。

「どうして、そんなことするの？」

ママの顔つきが変わった。波が引くように消えていく怒《いか》りの代わりに、哀《あわ》れみとも悲しみともつかぬ色がにじみ出てきた。

自分がママを悲しませていると思うと、愛は胸が苦しくなった。

「宿題の意義が分からない。どうして同じ漢字を、何度も何度も繰《く》り返し書いたり、簡単な計算をやり続けなきゃいけないの？」

愛は泣きそうになるのをこらえた。唇がへの字にゆがむ。

「それは、忘れてしまわないように、書くことで覚えるためでしょ」

ママが諭すように言う。

「そんなことしなくても、忘れない。ママだって、もし英会話を習いに行って、アルファベットをＡＢＣから延々書かされたら、嫌になるでしょ」

ママは黙《だま》った。

「そもそも漢字なんて、たとえ書けなくても、問題ないよ。意味が分かって読めさえすれば、今はパソコンやスマホで文章を書けるんだから」

「う……ん」

「これからは教育も、デジタル化していく時代だよ」

「そう、ね」

愛の口から飛び出す大人びた発言に、ママはたじろいだ。愛は今までもそういう傾《けい》向《こう》はあったが、拍車《はくしゃ》がかかっていた。

カレンダーが落ちて、そこだけ日焼けしていない壁を見つめ、しばらく黙り込んでいたママが、ようやく口を開いた。

「愛がただ、面倒《めんどう》くさがっているだけだと思いこんでいたけど、愛には愛の理屈があるのね……。頭ごなしに宿題をやれって言って、ママも悪かったわ」

ママが愛の背中に手を置いた。じんわり温かかった。目尻《めじり》の縁《ふち》で我慢していた涙《なみだ》が、ふいに愛の頬《ほお》を伝った。

「相談してみましょう。S先生も、きっと分かってくれるわよ」

その後、ママは愛にパソコンを買ってくれた。

新出漢字を正しく使って例文を作る練習など、キーボード入力さえ覚えれば、国語の学習は鉛筆《えんぴつ》を使わなくても、パソコンでも補える。

算数においては、百マス計算やワークブックなどやらなくても、愛は理解出来ている。

ある日、S先生が家にやって来た。

愛はママから、自分の部屋に行くように言われたが、こっそり抜けだした。リビングの扉《とびら》の陰《かげ》で、耳をそばだてた。

「愛さんは、クラスで浮いてしまっています」

クラスで浮いているのは、自分でも分かっていたが、S先生からダイレクトに言われると、胸にずんと響いた。

「宿題をやらない理由は、先日お母さんがお電話で話してくださいました。でも、やっぱりそれではずるい、と言う子も出てきてしまって。愛さんにもみんなと同じようにしてほしいんです。何とかならないものでしょうか」

言い回しは丁寧《ていねい》だが、譲《ゆず》らない口調だった。

「先生。愛のこと、いろいろ調べました。まだ、直接診断《しんだん》してもらったわけではありませんが、相談窓口にもコンタクトをとっています。自分の子を買いかぶっていると、笑われるかも知れませんが、あの子には、」

ママは一度、言葉を区切った。

「特別な才能があるんじゃないかと」

愛はハッとして、もう少しで肩が扉に当たってしまうところだった。

特別な才能？

「お母さん、そっちですか」

S先生は鼻先でフッと笑った。

「それより、協調性がないことの方が、わたしは問題だと考えていますが」

「……」

「とにかく、特別な才能があろうがなかろうが、みんなと同じように宿題をやってもらわなくては、困ります」

それでもママは、一貫《いっかん》して対抗《たいこう》してくれていたようだが、もう愛の耳には何も入ってこなかった。

特別な才能？　協調性がない？

頭が混乱し、そのままふらふらと、自分の部屋に戻ってベッドにつっぷした。

しばらくして、部屋のドアがノックされたかと思うと、返事も待たずにママが大股《おおまた》で入ってきた。

どうやらS先生はもう帰ったらしいが、ママの様子から、S先生との話は決裂《けつれつ》したのだろう。

「愛、中学は受験して、レベルの高い学校に行くといいわ。あなたのレベルに合ったところに行けば、愛も楽になれるでしょう」

ママは鼻息荒く言った。


愛は、ときどき休みながらも、なんとか小学校生活を終えられた。

そして、すんなり明星《みょうじょう》女学院に入学することが出来た。

偏差値《へんさち》七十越《ご》えの中高一貫校となれば、さぞ学力の高い子女たちが、集まってきていることだろう。

これからは、ママが言うように「楽になれる」と思うと、愛は入学式で涙ぐみそうになったほどだ。

今まで我慢していた先生への質問も、これからは出来るようになるかも知れない。

入学式から一週間ほどが経《た》ち、ようやく本格的な授業が始まろうとしているころだった。今日からお弁当も始まる。

昼休みのチャイムが鳴ると、出席番号が前後の女子たちが、愛の脇にすり寄ってきた。体がびくりとしたが、悟《さと》られないように抑《おさ》えた。何度か会話をかわしたことのある、席の近い生徒たちだ。

「米倉さん、いっしょにお弁当、食べよ」

「あ、うん。いいよ」

愛は、しどろもどろに答えた。

「米倉さんのこと、愛って呼んでもいい？　わたしのことは、マーヤでいいよ。名前は麻耶《まや》だけど、小学校のときからマーヤってあだ名だったから」

知らないうちに、ブレザーの裾《すそ》の端《はし》をつかまれていた。

「分かった」

愛のぶっきらぼうな返事に、ふたりは一瞬《いっしゅん》目を合わせたが、もうひとりの子が、

「ここの机くっつけよっか」

と、手際よく、机を動かし始めた。音が耳に刺さるようだったが、平気な顔を装《よそお》ってこらえた。

明星女学院はミッションスクールで、屋外にはチャペルの前に広々とした芝生《しばふ》のスペースがある。今日は天気も良く、開放感があって、とても気持ちがよさそうだった。

愛は、そこでお弁当を食べたいと思っていた。

「ね、せっかくだから、芝生のところで食べない？」

愛は思い切って提案してみた。

机を動かしていた子が手を止めて、戸惑いを見せた。

「最初から外っていうのもね。休み時間、意外と短いし。それに、一年生がいきなりっていうのも、どうかな」

「だよね。ひょっとしたら高校生たち？　先輩《せんぱい》たちが芝生は占領《せんりょう》するっていうルールが、あるかも知れないし」

そんなルールあるのだろうか、と愛は疑問に思った。そのとき、

——協調性がない

小学校のS先生の言葉が、S先生の声音《こわね》のままで、よみがえってきた。

「そうだね」

気付けば、合わせていた。

「もうひとり、ほしいよね」

マーヤがつぶやくと、

「あ、わたし、あの子誘《さそ》ってくる」

机を動かしていた子が、教室の入り口の方に向かって、ダッシュしていった。そこには、どうしたものかと所在《しょざい》なげに、目をおどおどと動かしている生徒がいた。

愛は教室をあらためて見わたして、やっと気付いた。

今、まさに、クラスのグループ分けが、確立されようとしているのだ。

ここで机を合わせてお弁当を食べるのが、その第一歩なのだろう。

そんな大事なときに、うっかり外なんかに出かけてしまったら、これまた大事な、他のグループの観察ができなくなってしまうのだ。

愛は、このことに違和感《いわかん》を覚えたが、それよりも、自分もグループに入ることが出来たという、とてつもない安堵感《あんどかん》の方が勝《まさ》っていた。

小学校のときみたいに「協調性のない」自分になってはいけない。

あの孤独《こどく》を二度と味わいたくはない。

今度こそ、失敗したくない。

唐突に、そんな思いがこみ上げた瞬間だった。


「楽になれる」はずの、中学生活はちっとも楽ではなかった。小学校のときとはまた別の苦しみがあった。

自分を出せば、きっと浮いてしまう。マーヤたちのグループにいるためには、みんなに合わせなくてはいけない。

そのことは予想以上に、神経を消耗《しょうもう》させた。

夏休みが目前のある日、数学の授業で、D先生が応用問題を出した。

「これは、はっきりいって高校数学。でも君たちの優《すぐ》れた頭脳なら、出来るかも知れないな。さあ、分かる人」

D先生は、数学を愛してはいても、子どもに教えることへの情熱に関しては、少しピントがずれていた。難しい問題を出しては生徒を試して、喜んでいるように見えた。

　愛には答えが分かった。解けたことで、血が勝手に騒《さわ》ぎ出した。胸が高鳴る。手を挙げたい衝動《しょうどう》にかられたが、こぶしを握《にぎ》ってグッとこらえた。目立ってはいけないのだ。

　すると先生が、

「米倉、どうだ？」

　目が合ったわけでもないのに、いきなり振ってきた。首を横に振れば良かったのに、答えをつぶやいていた。

「ビンゴ〜」

　D先生は嬉しそうに、上体を左右に揺らした。

「さすがは、米倉だなー。米倉は入試の算数、満点だったもんなー。まさに、逸材《いつざい》」

　クラスでどよめきが起こった。

　明星女学院の入試問題の算数は、かなりの難問が出ることが定評で、半分得点できればいいという噂《うわさ》もある。

だからこそ、愛にとっては国語の記述の点数が取れなくても、断然有利に働いたのだ。

D先生の言葉に、愛は絶句した。

どうして、そんなことを、みんなの前で喋るのだろう。

愛は目を伏《ふ》せた。それを、はにかみや謙遜《けんそん》とでも捉《とら》えたのか、D先生はますます調子にのった。

「うちの入試問題で、満点をとる生徒は、滅多《めった》に出ないんだよ。女子は数学が苦手だっていうからね。失礼、これはセクハラでした」

D先生は自分の後頭部を、ぱっこんと手のひらでたたいた。教室はしらけきり、ウケをねらったらしいD先生は、バツが悪くなったのか、話を戻した。

「米倉、おいおい話そうと思っていたんだが、是非《ぜひ》、日本ジュニア数学オリンピックに挑戦《ちょうせん》してみないか。先生は全面的にサポートするよ」

愛は顔を上げた。

日本ジュニア数学オリンピック？　数学で闘《たたか》うってこと？　すごく面白《おもしろ》そう！

一気に血流が上がった。でもすぐに、自分で自分に冷水を浴びせた。

そんな目立つことをしたら、マーヤたちとの関係が、おかしくなったりはしないだろうか。そう考えることすら、不遜《ふそん》なのだろうか。

愛は机の角をじっとにらんだ。

自分の才能を恨《うら》んだ。

普通《ふつう》でいいのに。普通がいいのに。


マーヤたちからは羨望《せんぼう》の目で見られるようになった。対等に見えた関係が、グループの中でなんとなく、ちやほやされるような立ち位置に変わった。

嫉妬心《しっとしん》も隠されていたかも知れない。明星女学院の生徒ならば、小学校のときには勉強で、断トツでトップクラスにいただろう。でも、トップばかりが集まってくる学校に入ると、やはりそのなかでのヒエラルキーが生まれてしまう。

プライドの高さが足かせになることで、トップではなくなることは、余計に酷《こく》だ。もし一ランク落とした学校に行っていれば、今でもトップでいられただろうに。愛が、そんな彼女たちから妬《ねた》まれたとしても、不思議ではない。

出過ぎないようにという注意が、いっそう必要になった。

D先生は、さすがに教室で言うことはなくても、廊下《ろうか》などで会うと、しつこく「日本ジュニア数学オリンピック」のことを勧《すす》めてきた。隣《となり》にマーヤたちがいても、お構いなくだ。

「興味ありません」

愛がそっけなく目をそらせると、

「もったいない。実にもったいない。その才能、先生がほしいくらいだ」

D先生は悔《くや》しそうに、下唇を突き出した。

目立つことをしてはいけないのだ。それは「協調性」を乱すことなのだ。

神経にかけるやすりが、ピッチをあげた。

あるときから、数学の授業の前になるとお腹《なか》が痛くなり、保健室に行くようになった。

しばらくすると、数学の授業のある日には、朝お腹が痛くなり、学校を休むようになった。

そしてとうとう、冬休みを待たずして、愛は不登校になった。

◆

優希は愛の話を聞いているあいだ、ときおり涙が出そうになった。でも、愛の話を邪魔《じゃま》したくないし、自分が泣くのは違う。

ただまっすぐ川の流れを見つめ、心をなだめ落ち着かせ、じっと聞き入った。

自らの探究心や意欲を、根こそぎ折られた小学生のころ――。

周りに迎合《げいごう》しなければと必死になり、神経をすり減らした明星女学院のころ――。

際だった才能を持ったギフテッドだったがゆえに、愛が余計に背負ってきた孤独感を思うと、胸が締めつけられる。

愛は一度深呼吸をすると、続けた。

「さっきも言ったけど、みんな違ってみんないい、はずなのにね。学校って校則みたいに目に見えるルールよりも、同調圧力みたいに目に見えないルールの方が、意外とやっかいだったりするかも」

「同、調、圧、力」

誠が区切りながら復唱した。優希が大きくうなずく。

「それぞれ違うことを考えていたり、思っていたりするはずなのに、みんな意見を言わないよね」

愛は背中をベンチの背もたれにあずけ、続けた。

「こう言ったら、あの人になんて思われるかとか、嫌われないかとか心配ばかり。ま、自分がそうだったから分かるんだけど。本当は、三十五通りの心があるはずなのに」

愛の言葉は、優希の痛いところをぷすりと突いた。

人にどう思われるか、いつも先回りして考えてしまう自分の心を、見透《みす》かされているみたいだった。

「同調圧力があったとしても、思ったことを、感じたことを、ちゃんと言うことが大切なんだね」

優希は胸に両手を重ねて、自分自身に言い含《ふく》めた。

「透明《とうめい》なルールってさ」

「透明な、ルール？」

愛の言葉をなぞった。新たなワードが、心の中をすっと切り開いた。何かをつかめそうな予感がする。

「ああ、同調圧力とかの、目に見えないルール。同調圧力は確かにあるんだけど……」

愛はそこで切って、考えるように首を傾けた。

あるんだけど……？

優希はじっと、その続きを待った。

「透明なルールって、同調圧力だけじゃない、って今になって思うんだ」

「どういうこと？」

思わず前のめりになってしまい、あわてて愛から体を離《はな》す。

「明星女学院のときに、日本ジュニア数学オリンピックを勧められたとき、目立ちたくないから、わたしは頑《かたく》なに断ったでしょ」

「うん」

「でもあれって、みんなの反応を勝手に決めつけていたのかも知れない。透明なルールで、自分で自分を縛《しば》っていたんじゃないかなって」

「ごめん、よく分からない」

「あのとき、もし、ジュニア数学オリンピックに出ようとしたら、マーヤたちはひょっとして、いっしょに喜んでくれたり、応援《おうえん》してくれたりしたんじゃないかなって」

「それはありだよ」

誠が相づちを打った。

「だからね、あのとき、同調圧力なんて本当はなかったかも知れない。自分が自分に作ってしまう、透明なルールに、縛られていただけかも」


――自分が自分に作ってしまう、透明なルール

気付いたら、優希は少しの間、息を止めていた。


愛が帰ったあとも、優希と誠はしばらくベンチに座っていた。

「この風景、なんか新鮮《しんせん》だなぁ」

誠が声をもらした。見慣れているはずの風景の、何が新鮮なんだか不思議だ。

「え、なんで？」

優希は誠の顔をのぞいた。

「僕の家はこっち側だけど、橋をわたるとたいていは、そのままっすぐ家に帰っちゃうんだよね。だから川を眺《なが》めるときって、いつもなぜかあっち側からなんだよね」

「うんうん、荻野くんのお気に入りスポット、あっちだもんね」

優希が向こう岸に目線を向けた。

「だから、川は左から右に流れていたんだ。こっちから見ると、右から左に流れてる。あ、そんなのあたりまえか。自分で言ってて馬鹿みたい」

誠が自分の頭をわしづかみにすると、優希は首を横に振った。

「違うよ。あたりまえすぎて、誰も気にも留めないことを新鮮だと感じる、荻野くんの感性が素敵《すてき》なんだよ」

「いや、そんな……」

誠はもじもじしている。

優希は川の流れを眺めた。

川は右から左に流れている。同じ川でも向こう側から見れば、左から右に流れている。

もし川の中に立っていたとしたら、左右なんか関係なくて、川上を向けば川の流れに逆らうし、川下を向けば流れに押される。

川は変わらず静かに流れているだけなのに。

太陽が下流の方の住宅街の中に姿を落とした。住宅のでこぼことした影が、シルエットのように浮かびあがった。ひんやりとした風が、ふたりのうなじをなでていく。

「さ、そろそろ帰ろっか」

誠がベンチからおもむろに腰を上げた。

「そうだね」

優希も立ち上がった。

「あっ、忘れてた」

誠が声を上げた。また何か忘れ物でもしたのかと、優希は誠に目線を滑《すべ》らせた。

「体育祭のスローガン！」

誠の言葉に、両手で頬を押さえた。

「どうしよう」

誠が首をかくんと横に倒す。

「荻野くん、もう時間もないし、家でそれぞれ考えることにしよっか。わたし、自分の考えをちゃんとみんなの前で言えるように、メモってくるよ」

優希はあごをくっと引いた。

「了解《りょうかい》。メモ、いいかもね。僕も考える」

誠も力強くうなずいた。

優希が家に帰ると、スマホにお父さんからのメッセージが入っていた。今日は仕事が長引いて、少し帰りが遅《おそ》くなるらしい。

制服を着替《きが》えてキッチンに直行し、冷蔵庫の食材をチェックした。

豚肉《ぶたにく》の小間切れに、ピーマン、玉ねぎ、トマト、レタス、豆腐《とうふ》、納豆《なっとう》などなど。

スマホの検索《けんさく》サイトで、これらの食材の名前を適当に打ち込んで、レシピを検索してみた。「パパッと出来る豚肉・ピーマン・玉ねぎの塩昆布炒《しおこんぶいた》め」というのがヒットした。

塩昆布は確かあったはずだし、卵もある。四十秒くらいの動画で作り方を確認《かくにん》すると、そんなに難しそうではない。実際にこのレシピで作った人の評価も高いようだ。

お初《はつ》のメニューだが、どんなものが出来上がるのか、ワクワクしてきた。

「よーし、これを作ってみよう」

優希は声に出すと、ほとんど汚《よご》れていない自分のエプロンを、早速《さっそく》身につけた。

冷蔵庫から、まずは必要な食材をキッチンに並べた。玉ねぎの皮をむいて、ピーマンを洗うと、包丁で野菜を細切りにしていった。

怪我《けが》なんかしてしまったら、お父さんからまた「やらなくていい」って言われるだろうから、慎重《しんちょう》に一回一回、包丁を止めながら切り刻んだ。

そもそも、お父さんみたいにトントンと速くリズミカルに、刻みたくても刻めない。いかにも初心者っぽいコットン、コットンという、包丁がまな板に当たる音が、キッチンに響いた。

途中《とちゅう》、玉ねぎの汁《しる》が目にしみて、我慢の限界がきた。目が開けられない。包丁をそっと置くと、テーブルのティッシュまで走り、ギュッと目に当てた。

野菜を切り終えた。凝《こ》った首をぐるりと回す。

手をすすいでから、もう一度スマホのレシピを復習した。塩昆布や調味料は先に合わせておいた方がいいらしい。溶《と》き卵も用意した。

準備が整うと、レシピの中で一番楽しそうな手順、いよいよ炒めにかかる。ガスコンロに火を付け、顔を近づけて中火に調整した。

フライパンにごま油をひき、香《こう》ばしい匂《にお》いが立ったところに、ショウガチューブを数センチ絞《しぼ》った。パチパチ跳《は》ねて、手の甲《こう》に油が当たった。

「熱っ」

跳ねを押さえつけるように、すぐに豚肉の小間切れを投入する。菜箸《さいばし》で炒めながら、豚肉の色が変わってきたら、切った野菜を加えた。

どのくらいの時間、炒めれば良いのか、よく分からない。野菜は最悪、生でも食べられるけど、肉の生焼けはマズいということは知っている。

さすがに肉の色が完全に変わったからだいじょうぶだろう。レシピに書いてあった「玉ねぎが透き通ってきたら」の状態にもなった。

最終段階、調味料イン。調味料が全体になじんだので、溶き卵を回し入れた。卵がいい感じに柔らかそうに固まったところで、火を止めた。

ごま油に塩昆布ってどうなのか、ちょっと微妙だけど、なんだかとっても食欲をそそる匂いがする。お父さんが朝、予約をセットしておいてくれた、炊飯器《すいはんき》のご飯が炊《た》ける匂いも重なって、すぐにでも食べだしたいくらいだ。

豚肉とピーマンを少し箸でつまんで、味見した。中華《ちゅうか》と和風の中間のような、でも新しい味というより、懐《なつ》かしい味がする。ピーマンもシャキシャキとして、絶妙な火の通りだ。上出来すぎて、にんまりした。

時計を見ると、四十五分経っていた。レシピには料理時間二十分とあったので、倍以上かかってしまったが、優希は大満足して、まな板などを洗い出した。

すると、玄関《げんかん》が開くなり、お父さんの声がした。

「ただいまー。遅くなってごめん。優希、すぐに夕飯の支度《したく》するからな」

廊下を急ぐ足音が大きくなる。リビングの扉が開いた。

「あれっ。なんかいい匂いがすると思ったら、優希、何か作ってくれたの？」

お父さんの目が特大になった。

「うん！」

「すごいな、優希。わおっ、美味《おい》しそうだな。どうやって作ったの」

お父さんが、フライパンをのぞき込んだ。

「スマホでレシピ、検索してみたの」

「へえ、今は何でもスマホで出来るんだなあ」

お父さんの目は、まだ大きいままだ。

「さ、お父さん、早く手洗ってきてよ。温かいうちに食べようよ」

優希がせき立てると、お父さんは、

「そうだな」

小躍《こおど》りするように洗面所に向かった。

向かい合って食べ始めると、

「うーん。美味しい」「塩昆布っていう発想が新しいな」「ご飯が進むよ」「酒のつまみでもいけそうだよな」

お父さんはテレビ番組の食レポみたいに、一口食べるたびに嬉しいコメントを寄こしてくれた。

「塩昆布って万能トッピングになりそうだね。今度は卵二個にしようかな。もっと卵が多くてもいいよね。色も綺麗《きれい》だし」

優希が言うと、お父さんは箸を止めてカタンとテーブルに置いた。

「優希、今日は助かったし、嬉しかった。本当にありがとう。でも、優希は中学生なんだから、やることがたくさんあると思うんだ。だから、家事は——」

お父さんが話し続けるのを、優希は遮《さえぎ》った。

「お父さん、」

お父さんは口を半開きにしたまま、優希の言葉を待つ。

つばを寄せ集めて飲み込んだ。

「家事なんだけど、わたしも手伝うよ。お父さん、ひとりで頑張りすぎだよ」

「優希、でも……」

「わたしが、そうしたいの。買い物だって、手伝いたい。無駄遣《むだづか》いしないように、節約するから」

ちゃんと、言えた。ずっと言いたかったことが、言えた。

大仕事を終えたように、心が脱力してくる。

すると、お父さんが少し首をかしげた。

「節約?」

「だって……ずっと前にわたしが買い物に行って、特売のものを買わなかったら、お父さん、がっかりしてたじゃん」

「え？　そんなことあったか？」

お父さんは目を細めた。

「お母さんも働いてたわけだから、やっぱり家計もそれなりに締めないといけないんだろうな、とか……」

お父さんの自尊心を傷つけないように、言葉を選んだ。声がだんだん小さくなる。

お父さんはしばらく黙りこんだあと、口を開いた。

「優希にそんな心配をかけていたとは……。お父さんはダメだなあ」

お父さんは細く長く息を吐《は》いた。

「優希、お金のことは心配しなくていいぞ。子どもに言うのはどうかと思って何も伝えてこなかったけど、お母さんが亡《な》くなったあと、保障も保険もあったんだ」

「……」

「お父さんだって、ありがたくも順調に稼《かせ》げているし、お金には困ってないぞ。お父さんのつまらない言動で、余計な心配をかけて悪かった」

お父さんはテーブルに手をついて、頭を下げた。反射的に、お父さんの方に手を滑らせた。

「お父さん、やめてよ」

お父さんは顔を上げると、目線をはずして少し上を見た。

「お父さんが思っているほど、優希はもう子どもじゃないんだなあ」

空の上のお母さんに話しかけるみたいに、つぶやいた。目には涙の膜《まく》がうっすら浮かんでいた。


夕食を終えて、自分の部屋に入ると、優希はベッドの上にダイブした。うつぶせの体を柔らかめのマットレスが波打ちながら、受け止める。

うち、お金に困ってたわけじゃないんだ……。

安心感が、心地《ここち》よい疲労感《ひろうかん》のように体に充満した。今まで散々心配して損した、という気持ちもあるが、やっぱりそれよりホッとした気持ちが、断然大きい。仰向《あおむ》けに寝返《ねがえ》った。手足を大の字に伸ばす。

家事のこと、お父さんに話してみて良かった。

思わず鼻歌を歌っていた。このあいだ誠に英語の発音を褒《ほ》められた、サビの部分だ。

聞き流していた「高校行ったらバンドとかやってみれば」という誠の言葉が、ふいに思い出された。

お金のことが心配で、真に受けずにスルーしたけれど、そういうことも現実の選択《せんたく》肢《し》として考えられるんだと思うと、腹の底から喜びが噴《ふ》き上がってきた。

スローガンを考えようと、パッと起き上がった。

机に向かっていると、スマホがメッセージの着信を知らせた。瞳子たちから、ショートヘアにリボンをつけたスタイル写真が何枚か、続けて送られてきた。

愛の言葉が思い出された。

——自分が自分に作ってしまう、透明なルール
愛は、日本ジュニア数学オリンピックに挑戦したとしても、ひょっとしたら友だちも応援してくれたかも知れないと、今になって思うと言っていた。

出る杭《くい》は打たれてしまうと思い込んでいたのは、自分が自分に作ってしまう、透明なルールのせいだったかも、ということだろうか。

もし、瞳子たちに「おそろいは嫌だった」と正直に言ったとしたら、果たしてどんな反応が返ってくるのだろう。

優希はスマホを机に置いて、手を握ったり開いたりした。もう一度、スマホをつか

み直す。

――写真、ありがとう

ここまではすぐに書けた。

――おそろいのリボンのことだけど、

指先が止まった。どうしても続きが書けなくて、気付くと、バックスペースキーを押していた。

スマホのメッセージで伝えるより、ちゃんと話した方がいい。怖《こわ》いけど、その方が、瞳子たちの反応もよく分かる。

半分言い訳のような、問題を先送りにするような気持ちで、自分を納得させると、再び机に向かった。

8

翌日、四時間目の体育の学年合同練習でグラウンドに出ると、誠《まこと》の姿が見当たらなかった。さっきの時間までは教室にいたのにどうしたのだろうと、優希《ゆうき》はあたりをきょろきょろ見回した。始業のチャイムが鳴っても誠は現れなかった。体育の宮沢《みやざわ》先生が、

「今日はもう一度、体育祭の全員リレーの練習から始めよう」

と声をかけた。流星《りゅうせい》は、

「今日は、ぜってー負けないからな」

と、息巻いた。優希は眉《まゆ》を寄せた。昨日から誠が、全員リレーの練習を恐《おそ》れていた様子が思い出される。

「俺ら、優勝狙《ねら》ってるし。な！」

「おう。流星んとこで、差つけて稼《かせ》げよ」

流星が同じクラスの野球部員と、気合いを入れ合っている。優希は流星たちに目を走らせながら、すぐ近くの男子に、

「ね、荻野《おぎの》くん知らない？」

と、こっそり聞いた。

「まっこん？　あいつ腹痛くなって、トイレから出てこない。たぶん、そのまま保健室行ったんじゃね？」

優希は心配になって、すぐにでも保健室に様子を見に行きたかったが、そうもいかない。宮沢先生は事情を知っていたのか、各クラスの出欠状況《じょうきょう》を確認《かくにん》すると、

「各クラス、それぞれ欠席者がいるな。今日は三十四名に合わせるぞ。人数の足りないクラスは、誰《だれ》か二回走るようにして、調整するように」

と指導した。

「えっ、マジで？　それなら俺が二回走るわ。みんな、いいだろ？」

流星が弾《はず》んだ声を上げると、「いいよ」「了解《りょうかい》」と、そこかしこで声が上がった。

「流星、頼《たの》んだよ」

瞳子《とうこ》が流星の肩《かた》をポンとたたくと、流星は顔面に喜びをあらわにして、

「まっかせとけ～」

と、ガッツポーズを作った。

前回の練習のときは、誠が転んでしまったせいで、それまでわりといい線だった三組は、圧倒的《あっとうてき》な大差をつけられて順位を落とした。

今日は誠の代わりに流星が走ることになったが、順番は各クラスで自由に決められるので、二度目の流星の走りはアンカーに入ることになった。

三組はリレーの後半から追い上げ始め、優勝争いに絡《から》んできた。途中《とちゅう》バトンミスがあり、四組が脱落《だつらく》した。そこからは、三組と一組の一進一退のデッドヒートが続いた。

前半で走り終えた優希は、自分が後半でなくて良かったと安堵《あんど》しつつ、攻防《こうぼう》の行方《ゆくえ》を追った。アンカーの流星へは二位でバトンがつながれた。そして流星は、ゴールぎりぎりのところで肩で追い抜《ぬ》かし、一位をもぎとった。

「流星、いいぞー」

「やってくれたね、流星！」

瞳子たちは、手を取り合ってぴょんぴょん跳《は》ねている。まるで本番のようにクラスが盛り上がって沸《わ》くなか、優希の気持ちは沈《しず》んでいった。四組のバトンを落とした女子は、泣き崩《くず》れている。

体育の授業が終わると、優希はさっさと着替《きが》えて教室に戻《もど》った。給食の時間でがやがやと騒々《そうぞう》しいなか、誠は窓際《まどぎわ》の席に小さく座っていた。誠の周りだけ静けさをまとっているように見えた。優希はすぐに駆《か》け寄った。

「荻野くん、具合が悪いって聞いたんだけど、だいじょうぶ?」

近づく優希に全く気付いていなかったのか、誠は弾《はじ》かれたように顔を上げると、弱々しく口を開いた。

「ああ、佐々木《ささき》さん。心配かけてごめん。朝からお腹《なか》の調子が良くなかったんだけど、今日はロングホームルームもあるし、頑張《がんば》って来たんだ」

「そうだったんだ。無理して学校来なくても良かったのに」

「いや、それはダメだ。学校に来たらおさまっていたんだけど、体育の前になったら、また腹痛が襲《おそ》ってきちゃって……」

それがおそらく神経性《しんけいせい》の腹痛であることを、優希は察した。全員リレーのプレッシャーがそうさせたのだろうと思う。

「だいぶ落ち着いたから、グラウンドに出ようとしたんだ。そしたら、もう全員リレーが始まっていて……。足がすくんで動けなかった。情けないよね」

「そんなことない」

それだけ返すのが、精一杯《せいいっぱい》だった。グラウンドに出ようとしたということは、自分の代わりに走った流星のおかげで逆転したのも、誠は自分の目できっと見たのだろう。

「優希、ちょっとゴメン」

給食当番の人に声をかけられた。配るのに邪魔《じゃま》になっていたようだ。優希は自分の席に戻るしかなかった。

「荻野くん、午後のロングホームルーム、いっしょに頑張ろうね」

優希が励《はげ》ますように言うと、

「うん」

誠がやっと少し笑った。

五時間目のロングホームルームが始まった。

辛島《からしま》先生は最初だけ教卓《きょうたく》で、

「この時間は、前回から持ち越《こ》した、体育祭のスローガン決めをするので、荻野くんと佐々木さんに進行をお願いします」

と話すと、オブザーバーに徹《てっ》するように、教室の後ろのロッカーのところまで下がった。優希は誠を振《ふ》り返って目を合わせると、同時に席を立って教卓に向かって歩いた。

両こぶしに力を込めると、優希は口火を切った。

「では、体育祭のスローガン決めを行いたいと思います。前回の話し合いでは『必勝』と『心ひとつに』という案が出ましたが、なにか新しいアイディアを考えてきてくれた人は、いますか？」

優希の問いかけに、クラスのみんなは目をそらすように、机の上を見たり首をひねったりしている。

「だーかーらー」

流星の大声が響《ひび》く。

「田中《たなか》くん、発言は挙手願います」

優希がたしなめると、流星はだるそうに「は～い」と手を挙げた。

「田中くん、お願いします」

誠は貝のように押し黙《だま》ったままで、ひとことも口を開かない。

「前のときも言ったけどさ、このふたつを合体させてさ、『心ひとつに必勝』でよくね？　さっき全員リレーの練習で一位になったの、超《ちょう》盛り上がったじゃん。心ひとつに優勝目指してさ、感動したわけじゃん」

流星が言うと、野球部員だけでなく、瞳子や他何人《ほか》かが、小さくうなずいている。でも、おおかたの生徒は反応がなく、賛成なのか反対なのか分からない。

「ちょっといい案、思いついちゃった」

優希がうながすと、流星が続けた。

「いや、スローガンのことじゃなくて、全員リレー。やっぱ足の遅《おそ》いやつは、走りたくないやつもいるわけじゃん。だから当日そのときだけ、そいつには急に体調不良になってもらって、代わりに俺が走っちゃうっていうのは、どうよ」

優希は開いた口が塞《ふさ》がらなかった。暗に誠のことを言っているのが、見え見えだった。斜《なな》め下を見ると、誠の握《にぎ》られたこぶしには、筋《すじ》がくっきり浮《う》いていた。

するど、あろうことか瞳子が、

「それ、案外いいかも」

ぽろりとつぶやいた。そのつぶやきを耳ざとくキャッチした流星は、

「だろ? たまにはいいこと言うだろ? 他に意見もないし、もう『心ひとつに必勝』で決まりでいいじゃん」

たたみかけるように言った。

優希は、「透明《とうめい》なルール」の見えないロープに、クラス全体がうねうねとからめとられているような気がした。

思わずつばを飲み込んだ。

「いや、まだ、意見が出るかも知れません」

優希がかろうじて、流れにストップをかける。

「ちっ。俺ら野球部はさー。優勝しないと、早朝ランニングが待ってるんだよ。それだけは、マジ勘弁《かんべん》」

流星の小言に、

「それ、変だよ」

優希の口から、思わず本音がこぼれた。誠が横でハッとするのが分かった。

「はあ？」

流星はとたんに不機嫌《ふきげん》な顔になって、

「変だろうが何だろうが、部の伝統は、簡単には変えられないんだよ」

ぶっきらぼうに投げ返した。教室がざわつきだした。

優希は我《われ》に返り、

「ごめんなさい。みなさん、静かにしてください」

と、声を張り上げた。

「スローガンの話し合いを続けましょう。他に意見がある人はいませんか」

ざわついていた教室が、だんだん静かになった。

「意見が出ないようなので、わたしからも意見を言ってもいいですか」

何人かがうなずいてくれた。

優希はつばを飲み込もうとしたが、口の中はからからで喉《のど》が引きつれた。そっと下を向いて、左の手のひらに目を落とした。ボールペンで書いた文字をあらためる。

よし、言うぞ。

「『心ひとつに必勝』。たしかにそれは、体育祭はクラスで得点を競《きそ》う面もあるから、みんなで優勝を目指すというのも、ありだと思います」

ここで区切った。流星や瞳子たちが、でしょ、というようにうなずいている。

「でも、」

喉がむずがゆくなって、咳《せき》が出てしまった。喉もとを手で押さえつけた。誠が上体を少し倒《たお》して、優希の横顔に視線を送った。

頑張れ、とエールを送ってくれている。

「でも、わたしのスローガンの案は、『勝つより楽しむ』です」

ひとまずここまで言うと、うなじがカッと汗《あせ》ばんだ。

「どういうこと？」

瞳子が間髪《かんはつ》を入れずに、尋《たず》ねた。

「わたしが考えたのは、全員リレー。勝ちを目指すのではなく、全員で楽しんじゃうというのはどうでしょうか。三組のクラスカラーは黄色だから、黄色をモチーフにそれぞれ仮装して、楽しんで走るのは、どうでしょう」

優希が一気に話し終えると、クラスがとたんに沸いた。

「え、なんか楽しそうじゃん」

「そういうのって、今までなかったよね」

「面白《おもしろ》そうかも」

どんよりしていた空気がいっぺんに浮上《ふじょう》した。わいわいと軽《かろ》やかな話し声が飛び交《か》った。そんなとき、

「はい」

瞳子があえて手を挙げた。優希の肩が緊張《きんちょう》する。

「牧《まき》さん、どうぞ」

「それってルール違反《いはん》にならないの？　ぶっちゃけ、そんなことしたら、北側《きたがわ》先生に三組がにらまれちゃうよ。優希は、あ、佐々木さんは内申《ないしん》がいいから、気にしないのかも知れないけど」

瞳子の言葉は優希の心をひっかいた。内申がどうとか、考えもしなかった。

あの瞳子が自分に対して、嫉妬《しっと》めいた気持ちを持っていたなんて。

それでも、瞳子は瞳子で、素直《すなお》な気持ちを隠《かく》さずにぶつけてくれる。ありがたいことだと思う。

『勝つより楽しむ』のアイディアでいったん浮上した空気が、幕が下りるみたいに沈んでいった。

「牧さん、意見をありがとうございます。他に意見はありませんか？」

沈黙《ちんもく》が流れた。

優希はひとつ咳払《せきばら》いをしてから、口を開いた。

「椿中《つばきちゅう》では、この春からブラック校則がなくなりました。だけど現状は、それほど変わっていません。それは、目に見えるルールが無くなっても、透明なルール、目に見えないルールに、わたしたちが縛《しば》られているからなんじゃないかと思いました」

「透明なルール？」

瞳子が怪訝《けげん》そうに眉《まゆ》をひそめた。

みんなの目がまっすぐ自分に注がれている。足を踏《ふ》ん張っていないと、緊張で倒れそうだ。

「例えば、同調圧力。自由な髪型《かみがた》にして目立ちたくない、とか、先輩《せんぱい》ににらまれるんじゃないか、とか……」

声が震《ふる》えてしまう。

「あるある」

まどかがつぶやいた。

「あと、自分が自分に作ってしまう、透明なルール」

優希が続けると、

「何だよそれ」

流星がつっこんだ。

「こういう場でも、反対意見を言ったら、嫌《きら》われるんじゃないかって勝手に決めて、それなら黙っておこうって、何も言わない。でも本当は、反対意見を言ったって、嫌われたりしないのに」

優希の言葉に、うなずく人が何人かいた。たとえ数人であっても、心を強くしてくれた。

「わたしは、米倉《よねくら》さんが言ったみたいに、ここには三十五通りの心があって、それぞれ思っていることや、意見があると思うんです。だから――」

一度言葉が切れた。

「だからわたしは、どんな意見であっても、みんなで、自由に、言い合いたい」

教室が、静まりかえった。

優希には、自分の心臓の音しか聞こえなかった。こんなに激しく脈打っているのに、血が届いていかないのか、指先は氷みたいに冷たくなっていく。

しばらくして、

「はい」

楓《かえで》が手を挙げた。

「庄司《しょうじ》さん、お願いします」

優希の声がうわずった。

「うちは、あ、わたしは、佐々木さんの仮装リレー案が、面白そうだなって思いました。正直、全員リレーで足引っ張っちゃったらどうしようって、不安でしょうがなかった。うちも、勝つことより楽しみたい」

楓は一気に言った。頰《ほお》が少し紅潮《こうちょう》している。

「はい」

手を挙げた男子が、

「僕も、優勝狙いより、楽しむ方がいいとは思うけれど、仮装まではやりたくない。応援《おうえん》なら頑張るけど」

と言うと、誠が「同感」と小声でつぶやいた。

「はい。全員リレーじゃなくて、出たい人だけで走ればいいんじゃないですか?」

「はーい。そんなことをしたら、他のクラスとフェアじゃなくなります」

「はい。他のクラスとも、仮装とかパフォーマンスで闘《たたか》うとか」

「はい。今から種目を変えるなんて、出来るのでしょうか」

今までのロングホームルームではありえないくらい、次々と意見が続いた。

冷たかった優希の指先が、じんじんしてきた。

突然《とつぜん》前のドアがガラリと開いたのは、そのときだった。

一瞬《いっしゅん》で空気が固まった。教室の様子をのぞきにきたのか、北側先生が立ちはだかっていた。

「お前ら、仮装だとかなんだとか、体育祭をなんだと思ってる」

凄《すご》みのある声に、空気がビリッと震えた。

「外で頭を冷やしてこい。全員、グラウンド十周だ！」

北側先生は吠《ほ》えてしまった。校長先生もかわって、目を光らせていた校則も減り、ずっとこらえていたものが、堰《せき》を切ってあふれ出すみたいに。

北側先生は、去年よく言っていた。

校則があるからこそ、お前ら生徒たちは、安心して学校生活が送れるんだぞ、と。

どのくらい前のことか分からないが、市内の中学校はひどく荒《あ》れていて、一部の不良グループが窓ガラスを割ったり、授業を妨害《ぼうがい》したりしていたらしい。

それを押さえつけ、厳しい校則で取り締《し》まることで、学校を落ち着かせたという自負が、北側先生にはあるようだ。

「おい、早くしろ」

北側先生が追い打ちをかけた。

でも、誰も立ち上がらなかった。流星たち野球部員でさえ、身を硬《かた》くしたまま、じっとしている。

「北側先生、それは体罰《たいばつ》になります。そういう時代は、もう終わりました」

後方から透《す》き通った声が飛んできた。

後ろからクラスを見守っていた辛島先生が、背筋をピンと張って歩み出てきた。辛島先生は教壇《きょうだん》に上がると、優希や誠にいったん自分の席に戻るようにうながした。

辛島先生は、前のドアのところで仏頂面《ぶっちょうづら》をしている北側先生を一瞥《いちべつ》すると、一度宙を見て息を吐《は》いてから、正面のみんなを見据《みす》えた。

「わたしは子どものころ、いじめられていたことがあります。それはなぜか？　人と違《ちが》っていたからです」

辛島先生はそう切り出すと、突然、黒髪《くろかみ》のボブスタイルの髪の毛をまさぐりだした。

生徒たちの眼差《まなざ》しが、一寸のぶれもなくまっすぐに注がれた。

辛島先生は髪の毛をつかむと、一気に取り去った。手品みたいに、くるくる巻きの赤毛のカーリーヘアが現れた。

辛島先生のボブスタイルは、ウィッグだったのだ。

驚《おどろ》きで教室がどよめいた。優希は瞬《まばた》きを忘れた。

「みんな、びっくりしたでしょう？」

辛島先生は、微笑《ほほえ》みさえ浮かべた。

「わたしは、母方のオーストラリア人の祖母ゆずりで、赤毛に生まれました。この髪の毛のせいで、子どものころはいじめられたの。大きくなるにしたがって、だんだんいじめはなくなったけど、高校生のときにね、わざわざ『地毛証明《じげしょうめい》』を提出させられました」

「地毛証明？」

流星がつっこんだ。

「わたしが通っていた高校は、髪染めが禁止だったの。だから、わたしの髪は染めたりしてなくて、もともとの地毛ですっていう証明。小さいころの写真まで添付《てんぷ》させられて」

「え、ひどい」

瞳子が口を挟《はさ》む。

「それが悲しくて悔《くや》しくて、不登校になってしまった。でもね、わたしのことを救ってくれた先生がいました。その先生のおかげで立ち直れて、わたしもその先生みたいに、苦しんでいる子を救えるような教師になりたいって、夢も持てたの。それが、今教壇に立っている理由です」

愛《あい》も辛島先生を慕《した》っていることを、優希は思い出した。

「ところが、先生になったら、学校現場はむしろわたしが学生だったころよりも、窮《きゅう》屈《くつ》になっているように感じました。わたしの赤毛は先生としてふさわしくないから、髪を染めるように言われました」

生徒たちが、北側先生の方をちらちらと見た。北側先生はあごを引いた。

「わたしは新任だし、最初から目をつけられたくないって思って……、ウィッグを、かぶった」

辛島先生は目線を教卓に落とした。

「でも、それじゃ、わたしは何のためにここに立っているか分からない。もう、そんなこと、やめます！」

辛島先生はそう宣言すると、声を張り上げた。

「だから、みんなも思っていることを素直《すなお》に言えばいい。同じじゃなくていいんです。さっきみたいに、賛成でも反対でも、自分の意見を自由に言うことが大事なの！」

辛島先生の叫《さけ》びのような声は、静まり返った教室を貫《つらぬ》いた。

一拍置《いっぱくお》いてから、盛大《せいだい》な拍手《はくしゅ》と歓声《かんせい》が上がった。すぐそこに北側先生がいることを、みんな忘れている。

「先生、アニーみたいで可愛《かわい》いよ」

「そっちの方が全然いい」

優希はなぜか涙腺《るいせん》がゆるんで、視界がぼやけたまま、手を痛くなるくらい打ち続けた。

ドアのところで、ぼう然と立ち尽《つ》くしていた北側先生は、いつの間にかいなくなっていた。

辛島先生は、ロングホームルームの運営をもう一度、優希と誠にバトンタッチした。

興奮を静めるように、優希は胸に手を置いてから、

「では、続きをやります。他に意見はありますか？」

話し合いを再開させた。

「はいっ」

流星が元気よく手を挙げた。

「俺は、さっき、野球部の早朝ランニングがあるから、優勝したいって言ったんだけどさ。でもそれがなくたって、いや、そんな伝統、俺らの代でなくさせてやると思ったけど。それとは関係なく、俺はやっぱり勝ちたいって思う。あ、誤解すんなよ。北側先生が来たから言ってるんじゃないぞ。正真正銘《しょうしんしょうめい》、優勝したいんだ」

「はい、わたしも勝負は勝負なんだから、真面目《まじめ》に走りたいし、負けたくないと思います」

しばらくいろんな意見が続いた。

「はい」

瞳子がまっすぐ手を挙げた。

「わたしは、今、すごく迷ってる。仮装も面白そうだし、リレーで真剣《しんけん》に勝負したいっ

ていうのもあるし。いっそのこと、両方やるのはどうかな」

「おお、なるほど」

という声がもれる一方で、

「はい。三組だけの意見でそんな全体のプログラムに関《かか》わる変更《へんこう》って、現実的じゃないような気もします」

と、瞳子に意見する女子もいた。

「はい。言ってることは分かるけど……」

「はい」

……。

意見交換《こうかん》が盛り上がる中、終わりのチャイムが流れた。それでも、発言はやむことはない。

胸がいっぱいになる。舞《ま》い上がる気持ちを抑《おさ》え、優希は後ろに立っている辛島先生に目線を送った。辛島先生はにっこり笑って、

「今日の話し合いはここまでにして、次のロングホームルームで、もう一度続きをやりましょう」

助け船を出してくれた。優希はやっとのことで、

「では、みなさん。各自それぞれ、意見をまとめておいてください。何か他に、連絡《れんらく》事項《じこう》などありますか」

と、締めた。すると、隣《となり》に立っている誠がいきなり、

「はい」

かたい声を上げた。

特に誠から事前に聞いていなかったので、優希は誠の方に首をひねった。誠の瞳《ひとみ》が、これから初球を投げ込むピッチャーみたいに、鋭《するど》く光った。

誠は、ズボンの後ろポケットにねじ込まれたメモ帳を取り出した。ポケットにいっしょに入っていたハンカチが、床《ゆか》に落ちたのにも気付かず、誠は両手でしっかりメモを持って、読み上げ始めた。

「先日、生徒会の目安箱《めやすばこ》に『生理用品を女子トイレに常備してほしい』という意見が入りました。みんなはこの意見に対してどう思うか、まずはうちのクラスで、アンケートを取ってみたいと思います。明日から三日間、クラスの中に目安箱を置くので、ご協力よろしくお願いします」

誠は視線をメモにがっちり固定したまま、ぎこちないお辞儀《じぎ》をした。笑ったり茶化《ちゃか》したりする者は、いなかった。

「まっこん、了解」

「いいよ」

好意的な返事が返ってくる。誠は緊張でこわばった顔をやっと上げた。優希は誠とハイタッチしたいのを、ぐっと我慢《がまん》した。

ロングホームルームが終わり、優希が瞳子のところに行こうとすると、瞳子もこちらに近づいてきた。一瞬の沈黙ののち、

「おそろいのリボンのことなんだけど、」

優希から切り出すと、

「優希。つけたくなかったら、つけないでいいじゃん」

瞳子が先回りして言った。

「そんなことで、優希を嫌いになるわけないでしょ」

「瞳子……」

……やっぱり、同調圧力なんてなかったんだ。

……自分が自分に作ってしまう、透明なルールだったんだ。

いつも緊張していた背中の芯《しん》から、力が抜けていった。

「あとね、明日から朝、待ち合わせするの、やめよ」

「え？」

弛緩《しかん》しかけた背中に一瞬、緊張が走った。

「わたし、明日から髪の毛、おろしていくことにする。ずっとそうしたかったし。だから、もう編み込みやってもらわなくても、だいじょうぶ」

「うん」

優希が微笑むと、瞳子もきゅっと口角を上げた。

「ね、今、ほどいちゃってもいいかな？」

大きな目がいたずらっぽく、くりくり動く。

「いいんじゃない」

瞳子はゴムを取ると、編み込まれた髪の毛を手ぐしで伸《の》ばした。結んでいたせいで、少しうねってしまっているが、それでも豊かな黒髪は美しい。瞳子が頭をぶるんと揺《ゆ》らすと、つやつやした美しい黒髪がはんなり優雅《ゆうが》に広がった。

優希はあらためてうっとり見とれた。

「わたしの髪は、何もしないのが一番だね」

大まじめな瞳子に、優希は吹《ふ》き出しそうになるのをこらえた。

瞳子はやっぱり、無自覚な、でも憎《にく》めない女王なんだ。

エピローグ

数日経《た》った放課後、優希《ゆうき》と誠《まこと》は教室に残った。今日は、クラスに設置した目安箱《めやすばこ》のアンケート集計を行うつもりだ。

ふたりで窓際《まどぎわ》のところで机を合わせた。後ろのロッカーの上に置いた目安箱を誠が取りに行く。誠は空き箱に穴を開けて作った箱を、しゃかしゃか振《ふ》った。

「アンケート、わりと入ってるね」

誠は嬉《うれ》しそうに顔をほころばせ、箱のふたを開けると、机の上に用紙をぶちまけた。

「うわあ、ほんとだ」

優希も歓声《かんせい》を上げて、用紙が落ちないようにかき集めた。優希が用紙を読み上げて、誠がノートに取ることにした。

「賛成」「賛成」「反対」「賛成」……。

何枚目かの用紙を広げたとき、優希は弾《はず》んだ声を上げた。

「あ、この人、自由コメント欄《らん》にも、書いてくれてるよ。『トイレにポーチを持って行くのが恥《は》ずかしかったから、あると嬉しい』だって」

「そっか。意見まで聞けて嬉しいよ」

誠が笑顔《えがお》になる。

「賛成意見が多そうだね。アンケートの数からして、男子も入れてくれているみたい」

辛島《からしま》先生から、費用のことはPTA会費からなど相談できるかも知れないので、とりあえずお金のことは気にせず、意見をまとめたらいい、と言われたのも心強い。

最後の一枚を広げたとき、優希の手が止まった。

「どうしたの？　また自由コメント欄に何か書いてあるの？」

誠がきょとんとした。

「これ、見て」

優希は用紙を差し出した。

「なになに。『トイレットペーパーがトイレに常備されているのだから、生理用品が常備されていても、いいと思う』か。うん、理にかなった意見だね」

誠が感心したようにうなずくと、

「それより、この字」

胸を打つ鼓動《こどう》が速くなった。

誠が用紙に顔を近づけた。弾《はじ》かれたように、誠が優希に顔を向けた。目がばっちりと合う。

――生理用品を女子トイレに常備してほしい
最初に生徒会の目安箱に入れられた用紙。そこに踊《おど》っていた、殴《なぐ》り書きのような文字。

「いっしょの人、かも」

誠が詳《くわ》しく言わなくても、優希には通じている。

うちのクラスの、誰《だれ》だろう……。

「見て、佐々木《ささき》さん！」

誠は興奮したように、用紙の隅《すみ》っこに小さく描《えが》かれたハートマークを指差した。

「ハート？」

優希が首をかしげると、誠は確信するように言った。

「ハート＝ラブ」

頭に電気が走ったみたいに、目安箱に用紙が入っていた日のことが思い出された。

あの日は、午前中に健康診断《けんこうしんだん》があった。

生理になってしまって、中休みに保健室に生理用品をもらいに行った。

保健室のベッドでは誰かが休んでいて、出直そうとしたのに、声の大きな浜《はま》先生につかまってしまった。

午後の数学の授業に、愛《あい》は姿を現した。

……愛、だったんだ。

あたたかい波が幾重《いくえ》にも胸に押し寄せた。

そっと目を閉じて、ゆっくりまぶたを開けた。気を緩《ゆる》めると、涙《なみだ》がこぼれ落ちそうで、天井《てんじょう》をにらむように見上げる。

「佐々木……さん？」

誠が心配そうに、声をかけた。

「同じ教室で学ぶことはなくても、米倉《よねくら》さんとはどこかでつながっていたいな」

優希はひとりごとのようにつぶやいた。誠は愛が書いたアンケート用紙を、くまなくあらためている。

「僕もそう思うし、きっと米倉さんも」

優《やさ》しく微笑《ほほえ》んで、すっと裏面を差し出した。下の方に小さな英字が並んでいる。

——See you soon.

また会おうね。

過ぎゆく春の風が、カーテンをふわりとふくらませた。

参考文献

『「くうき」が僕らを呑みこむ前に　脱サイレント・マジョリティー』山田健太、たまむらさちこ・著（理論社）
『ギフテッドの個性を知り、伸ばす方法』片桐正敏・編著（小学館）
『校則なくした中学校　たったひとつの校長ルール』西郷孝彦・著（小学館）
『ブラック校則　理不尽な苦しみの現実』荻上チキ、内田良・編著（東洋館出版社）
『才能はみだしっ子の育て方』酒井由紀子・著（主婦の友社）
『ギフテッドの光と影　知能が高すぎて生きづらい人たち』阿部朋美、伊藤和行・著（朝日新聞出版）

ギフテッドに関する記述では、
監修の小児科医・高島麗子先生、
お目通しいただきました泊岩水月様はじめ、
インタビュー等快くご協力いただきました
すべての方々に、心より感謝申し上げます。
作者

佐藤いつ子（さとう　いつこ）
青山学院大学文学部卒業。IT企業勤務後、創作活動開始。横浜市在住。
著書に『駅伝ランナー』全３巻（角川文庫）、『キャプテンマークと銭湯と』『ソノリティ　はじまりのうた』（共にKADOKAWA）、『変身―消えた少女と昆虫標本―』（文研出版）がある。

透明《とうめい》なルール

2024年４月24日　初版発行
2024年10月30日　３版発行

著者／佐藤《さとう》いつ子《こ》

発行者／山下直久

発行／株式会社KADOKAWA
〒102-8177　東京都千代田区富士見2-13-3
電話　0570-002-301（ナビダイヤル）

ブックデザイン／アルビレオ

印刷・製本／TOPPANクロレ株式会社

ISBN 978-4-04-114541-8　C8093